灯塔看守人

〔波〕亨利克·显克维支/著
李昕恬/编译

图书在版编目（CIP）数据

灯塔看守人/（波）亨利克·显克维支著；李昕恬编译. -- 北京：海豚出版社，2025.6. --（诺贝尔文学奖作品精选）. -- ISBN 978-7-5110-7299-3

Ⅰ．I513.44

中国国家版本馆CIP数据核字第2025VN3558号

灯塔看守人

（波）亨利克·显克维支 著　李昕恬 编译

出 版 人	王　磊
责任编辑	熊　隽　王洪聪
特约编辑	杨京京
封面设计	宋双成　蒋　飞
责任印制	蔡　丽
法律顾问	北京市君泽君律师事务所　马慧娟　刘爱珍
出　　版	海豚出版社
地　　址	北京市西城区百万庄大街24号
邮　　编	100037
电　　话	010-68325006（销售）　010-68996147（总编室）
印　　刷	天津泰宇印务有限公司
经　　销	全国新华书店及各大网络书店
开　　本	710 mm×1000 mm　1/16
印　　张	11
字　　数	125千
版　　次	2025年6月第1版　2025年6月第1次印刷
标准书号	ISBN 978-7-5110-7299-3
定　　价	39.80元

版权所有，侵权必究

如有缺页、倒页、脱页等印装质量问题，请拨打服务热线：0874-3367718

开篇语

波兰作家显克维支深深热爱着自己的国家和人民,他并没有将诺贝尔文学奖视为炫耀自己写作技巧的资本,也没有试图通过他的作品来阐述什么深奥的哲学道理或探究人生的终极意义。相反,他更加关注的是那些平凡的人,关注他们的生活、情感和命运。

正是这样的关注,使得显克维支的作品具有了跨越时空的魅力和感染力。他笔下的人物,无论是快乐的、悲伤的、愤怒的,还是无奈的,都仿佛是我们生活中的邻居、朋友或亲人,他们的故事和情感让我们产生共鸣,引发我们深深地思考。

那么,显克维支所关注的话题,比如国家的发展、人民的生活和小人物的喜怒哀乐,会过时吗?答案显然是否定的。因为这些话题是人类社会永恒的主题,无论是过去、现在还是未来,人们都会关心自己的国家、民族和同胞,都会经历喜怒哀乐等各种情感。因此,显克维支的作品并不会因为时间的流逝而失去其价值和意义,反而会因为其深刻的洞察力和真挚的情感而更加引人入胜。

你看那个漂泊不定,历经生活的沧桑,最后终于找到一份工作,成为一名灯塔看守人的诗卡文斯基。这份工作给了他难得的安定和宁

静，他终于在茫茫大海边找到了自己的归宿。突然有一天，他读到了一首用母语波兰语写的诗。这首诗是他曾经最热爱的诗人所写，每一个字、每一个词都深深触动了他的心弦。他的眼泪不禁流了下来，心中的情感如波涛般汹涌澎湃。他忘记了自己的职责，忘记了要点亮灯塔，只是静静地感受着诗歌中蕴含的情感。于是这位老人再次失业了，他不得不继续踏上流浪的路途。但是，他并不后悔。在异乡看到祖国的文字，那已刻在骨子里的文字符号让他早已冰封的心重新温暖起来。他明白了，乡愁和爱国之情是如此强烈，它们盖过了一切，让他无法割舍与祖国的联系。

优秀的文学作品是没有时间和空间限制的，一百多年前的波兰作家作品依然能够让我们感受到震撼。这本短篇小说集的魅力并不仅限于《灯塔看守人》一篇，《音乐迷扬可》这篇故事尤其引人深思。小男孩扬可的形象，不禁让人联想到契诃夫的《万卡》和张乐平先生的《三毛流浪记》中那些饱受磨难的孩子。在动荡的年代里，总有一些孩子像扬可、万卡、三毛一样受到非人的待遇。

有人说，这些老掉牙的话不要再说了，因为现在的孩子已经生活在幸福之中，他们不再需要了解过去的苦难。这些人忽视了一个重要的事实：生活在幸福中的孩子，往往容易忘记那些曾经的痛苦与挣扎。他们可能会觉得一切都是理所应当的，因此缺乏对生活的珍惜与感恩。因此，我们读扬可的故事，不仅需要怜悯他的遭遇，还需要自省，缺乏自省的人是无法进步的，缺乏自省的国家也是没有前途的。我们需要反思自己在教育孩子方面的不足，重新审视我们对孩子的期望与要求。只有这样，我们才能真正帮助孩子成长为有责任感、有担当的人。

《老仆》中的米科拉伊是一个多面的人物，他做起事来有条不紊，但总是絮絮叨叨，对任何事情都不满意。他的挑剔与唠叨成为家中的一道独特风景线。尽管米科拉伊有时令人讨厌，但他对家族的忠诚与爱却从未改变。在他严肃的外表下，隐藏着一颗充满爱的心。他对家族中的孩子们既严格又慈爱，用他的方式教导他们成长。正是这样的他，为家族带来了一条特殊的情感纽带，使家族充满凝聚力。他让我们明白，家庭的温暖与真实并非仅仅来自言语上的表达，还来自那些默默无声却又无比坚定的付出与关爱。

在当今这个信息化、物质化的社会中，人们常常被各种纷繁复杂的娱乐信息和享乐方式所吸引，生活的节奏日益加快，心灵的空间却越来越狭窄。网络、媒体上充斥着各种追求即时享乐和感官刺激的内容，让人置身于一个浮躁、喧嚣的漩涡之中。让我们花一些时间打开书，真正地看看"人生"，走近那个悲伤孤独的老兵；抚摸那个热爱小提琴，最后却因为想抚摸一下小提琴就被打死的小男孩扬可；还有那个为家族奉献一辈子，虽然脾气有些怪但充满责任感和爱的老头米科拉伊……

这些故事让我们开始反思自己的生活。我们是否也被眼前的享乐所迷惑，忘记了内心的追求和信仰？我们是否也在不知不觉中失去了对生活的热爱和对家人的关怀？感谢显克维支，能在这个年代读到他的作品，依然能让我们沉静，让我们自省，让我们的灵魂变得纯净。

灯塔看守人 / 001

音乐迷扬可 / 023

老仆 / 034

奥尔索 / 053

高原 / 083

波尼克拉的琴师 / 133

二草原 / 141

愿你得到幸福 / 145

天使 / 148

酋长 / 157

灯塔看守人

1

在巴拿马周边一座名为爱斯宾华尔的小岛附近,有一座灯塔。这座灯塔位于一个至关重要的地理位置,它为这片海域带来光明,同时也为过往船只指引道路。由于这一带的海湾礁石遍布、沙砾四散,即便是在白天,船只通行也是一件麻烦事,更何况这里有时还会大雾弥漫;在夜间,船只通行就变得更加棘手。这就是这座灯塔如此重要的原因,它为那些来自纽约的船舶引路,让它们通行顺畅。

不久前,这座灯塔的看守人在一个狂风骤雨之夜失去了消息。他失踪之后,人们找了整整一天,也没有发现他的踪影,这不由得叫人怀疑他是被惊涛骇浪卷走了。这么一来,灯塔看守人的职位就有了空缺。

美国驻巴拿马领事为此可真是伤透了脑筋。十二个小时之内,自己必须任命一名新的灯塔看守人,这个人要具备看守人应有的一切品质:忠心耿耿、小心谨慎、认真负责。

在灯塔上生活除了艰苦之外，还非常无趣。如果你是一个生性散漫自在、热爱自由的南方人的话，这里对你而言无异于一座监狱。灯塔看守人就像是监狱里的犯人一样，他的吃食都是由一艘小船送来的，送到之后，小船也不会多做停留，立马就会离开。

灯塔所在的小岛面积不大，且颇为荒凉。这尚不足一亩的土地上有的只不过是丛生的乱石，更别提居住在岛上的人了。这个负责看守灯塔的人，每天的活动范围就只有灯塔内部。白天，他得依照不同的天气，在塔上悬挂不同的彩旗，为过往船只预告气象；夜晚，他得到塔顶上去点亮明灯，照亮这片海域。

这份活儿做起来可没有听上去那么轻松。灯塔很高，要到塔顶点灯必须先爬上四百多级陡峭的石阶，灯塔看守人每天都要在这石阶上来来回回走上许多次。

这份重要而艰苦的工作，需要一个认真负责、不怕吃苦的人来承担，可是，要马上找到这么一个人，谈何容易？领事艾沙克·法尔冈波列齐为此伤透了脑筋。

就在这个时候，法尔冈波列齐先生得知，有一个人前来应聘。竟然有人主动要求来做这份工作！他喜出望外，急忙安排了见面。

这个应聘者是一位当过兵的老人，已经七十几岁了，但是他的脊梁依然挺得笔直，精神矍铄，看上去比不少年轻人还要健壮。他的头发花白，肤色黝黑，一双明亮的蓝眼睛神采奕奕，言谈举止的确颇有军人风范。法尔冈波列齐先生打量了一番，断定这人并非南美洲本地人。事实上，法尔冈波列齐对他的第一印象相当不错，这个老人看上去是个可靠的正派人,他已经决定让他担任灯塔看守人了,不过,还是依例进行了基本的询问:"你来自什么地方?"

"波兰。"

"你来这里之前是做什么的?在什么地方工作?"

"我做过各种各样的工作,不是特别固定。"

"你得明白,灯塔看守人必须在这里长住,要耐得住寂寞,吃得了苦头。"

"那再好不过了。我正好还能在这里休息一番。"

"你有没有在政府单位任过职?有没有相关证件可以证明呢?"

听到这个问题,老人从怀中掏出了一个旧绸布包。那绸布已经褪色了,不过,看上去似乎是从什么旗帜上撕下来的。老人以一种庄严、郑重的姿态打开了绸布包:"这些都是我的证件。十字勋章是1830年得到的;西班牙勋章是在西班牙国王的兄弟卡洛斯和卡洛斯的侄女伊莎贝拉争夺王位的时候,我应征了西班牙的外国士兵招募得到的;还有一个法国勋章,最后一个是匈牙利勋章。我也参与过美国南北战争,但是,并没有得到什么勋章。"

法尔冈波列齐惊讶地看着他手中的文件,说:"啊,原来你的名字叫诗卡文斯基。文件上说,你打仗时从敌军那里缴获了两面旗帜,你可真是一个勇敢的士兵!"

诗卡文斯基说:"没错,我也能够做一个尽职尽责的灯塔看守人。"

"你的腿足以支撑你每天在灯塔上爬上爬下吗?要知道,这是一份辛苦的工作。"

"凭借这双腿，我曾经跨越过美国东部和加利福尼亚之间的那片草原。"

"灯塔看守人要负责悬挂指引船只的旗帜，你对海事的了解有多少呢？"

"我在一条捕鲸船上当过三年水手。"

"你果真做过各种各样的工作呢！不过……"法尔冈波列齐有些犹豫地说，"我总觉得，像你这个年纪还要去看守灯塔，实在是有些力不从心……"

"长官！"诗卡文斯基听了，一下子激动起来，"我做过许多事情，到过许多地方，如今，我只是想到一个能让我安定下来的地方去！的确，我老了，需要休息，所以，当我踏上这片土地的时候，我就知道这里就是我生命的休息之所！您看看，这个世界上就有这样的巧合，灯塔看守人这样不易出现空缺的职位，就在我来到巴拿马的时候，有了空缺！这正是我的运气呀！我是真心实意地想要得到这份工作，希望您能够成全。虽然我老了，但是我发誓，我一定会忠于职守的！我再也不想四处奔走、漂泊无依地过日子了！我希望自己能够在这里得到一个归宿啊！"

法尔冈波列齐原本就是一个善良的人，从老人那双明亮的湛蓝色眼眸之中，他看见了深切的渴望和祈求，于是，他点了点头："好吧，那么，我就录用你当新的灯塔看守人吧。"

"我的老天！真是太感谢您了！"诗卡文斯基也非常高兴。

"那么，你是不是今天就能开始工作呢？"

"毫无疑问！"

"好。"法尔冈波列齐先生点了点头，开始叮嘱，"你去吧。不过，我要提醒你，一旦你有任何失职行为，我就会开除你。"

诗卡文斯基也点了点头，回答道："我明白的，长官。"

于是，这座灯塔有了一个新的看守人。

就在那一天傍晚，诗卡文斯基在太阳落山的那一刻爬上灯塔，点亮了塔顶的灯。灯光投射在波光粼粼的海面上，平静而温柔的夜色之中，海面上升起淡淡的雾气，在明月周围形成一圈柔和的彩光。诗卡文斯基站在灯塔的露台之上，举目四望，被周围这静谧的夜景所感动，久久不能平静。

诗卡文斯基已经流浪了几十年，这一刻，他忽然对脚下这片土地产生了强烈的归属感。他觉得，自己就是一头被围追堵截的野兽，在大地上无休止地狂奔之后，终于来到了一处人迹罕至的洞穴，在这里找到了属于自己的容身之处。往后，自己再也不需要担心前有追兵、后有猛虎的危险，也不需要再过那种险象环生、跌宕起伏的生活，他可以在这里度过平静、安宁的人生。

在这座只有他自己一个人的小岛上，诗卡文斯基开始回忆自己的过去。他的一生中，经历了无数起伏，可是如今，那些都已经是回忆了。他就像一艘在海上流浪的船只，历经无数狂风暴雨，被弄得浑身是伤，最后，终于来到了一处可以安然休息的港口。

诗卡文斯基曾在许多地方参加过许多战争，也曾在许多地方流浪过。在流浪期间，他从事过各种各样的工作，可每次他想要在哪里安定下来的时候，总会有一些飞来横祸，导致他必须继续漂泊。这辈子他的运气一直很糟糕。

他在澳洲的金矿当过矿工，在非洲的宝石矿开采过钻石，在东印度做过雇佣兵，还在加利福尼亚经营过牧场——那个时候他刚刚决定要安定下来，就碰上了旱灾……

他到巴西和土著做交易，木筏却在亚马孙河上被撞碎了。他失去了武器和行囊，就这样手无寸铁、衣不蔽体、食不果腹地在森林里跋涉。饿了，他就吃些野果；渴了，他就喝点河水。除此之外，他还得时刻警惕森林里的毒蛇、野兽，时刻生活在危险之中。就这样，他在极端恶劣的环境下流浪了几个星期。

接下来，他去了阿尔甘萨斯州，在那里开办了一家铸铁厂。本来他的生意正在逐步走上正轨，却发生了一场天然火灾，火灾过后，铸铁厂化为一片灰烬。

后来他又去了落基山，在那里，他被印第安人掳走，差点丧命。要不是一位好心的加拿大猎户救了他，恐怕他已经不在人世了。

再后来，诗卡文斯基先后在两艘船上打工，一艘是往返于巴西和法国之间的货船，另一艘则是他向法尔冈波列齐先生提过的捕鲸船，但是，这两艘船先后发生了意外，葬身大海。

诗卡文斯基的一生，简直像是受了某种诅咒。

回到陆地上后，诗卡文斯基又来到了哈瓦那。他在那里和别人合资开办了一家雪茄厂，却在这个时候不幸患上了黄热病。患病本就够痛苦的了，没承想，诗卡文斯基的合伙人竟然趁他生病卷包袱溜之大吉，一分钱也没给他留下……

诗卡文斯基从事过各种各样的工作，每一份他都干得认认真真、兢兢业业。有好几次，他攒下了一笔钱，希望能够用这些钱去做一门小生意，好好地过日子，却因为这样或那样的意外，每次都以分文不剩收场。命运女神总是在捉弄他。经历了无数次失望与悲伤，流浪过世界上的大多数地方，诗卡文斯基才来到了这里，来到了爱斯宾华尔岛上。这里除了一座灯塔和一些乱石块之外，什么也没有，既没有毒蛇猛兽，也没有坏人、好人……

诗卡文斯基想，到了这么一个地方，自己就不会再受到伤害，也不会再被谁打扰了。在这里，他为无数次失败画上了一个代表结束的句号，他将会在这里获得心灵上的平静与安宁。

但是，除去"人"这个因素，冥冥之中似乎有种力量，一直在与他为敌。许多人听了诗卡文斯基的遭遇之后，都忍不住说："你的运气真是糟糕透了，怎么什么倒霉事儿都被你给撞上了呢？"

这样的话听多了，诗卡文斯基自己也觉得，或许老天确实不打算让他好过，否则，自己这一生遭遇的种种坎坷，远远超过普通人所经历的，这又该怎么解释呢？冥冥之中，一定有什么力量，在暗自跟自己过不去。他对此充满了困惑，也充满了痛苦，因为，他根本不知道这种力量从何而来，又是为了什么而纠缠着他。每当有人问起这事，他只能指着遥远的北极星，半开玩笑地告诉那人："大概是来自那里的力量吧。"

如果别人，经历过诗卡文斯基一生中遭遇的其中几次失败的话——尤其是在亚马孙河上弄得自己一无所有、差点一命呜呼的那种失败，恐怕早就已经崩溃了。但是，诗卡文斯基没有。过去的几十年，他饱尝失败的滋味，却还是顽强地生活着。他拥有一颗强大的心脏，在这个世界上，似乎没有什么能够让他低头、让他屈服。

诗卡文斯基就是这样的一个人，无论经历多少失败，他都会继续向前走去，永不止步。他就像是一个永不言弃的登山者，即便从陡峭险峻的山峰上摔下来一百次，也会进行第一百零一次冲顶。换句话说，诗卡文斯基的字典里根本没有"放弃"两个字。

他是一个孤独而执着的人，体验过战火连天，体验过惊涛骇浪，体验过人心险恶……可是，最难能可贵的是，他竟然还能保持着内心的善良和坚韧——当年患上黄热病时，诗卡文斯基把自己所有的药物都分给了别的病患，一粒药都没有留给自己。或许正是因为这份善良，老天才让他熬过了那场可怕的疾病。

诗卡文斯基还是一个乐观的人。即便经历了无数次失望，他依旧对未来充满希望，满怀信心。他相信，事态是一定会好起来的。冬天开始的时候，诗卡文斯基总会预言未来即将发生什么重大的事情，并且乐观地期待着那些事会在夏天发生。但是，整个夏天都过去了，他所期待的大事却一件都没有发生。

就这样，诗卡文斯基在等待中度过了许多许多年，他老了，头发也白了，状态也不如以往了。曾经，他是一个泰山崩于前而色不变的人，无论是战争、天灾还是人祸都没有动摇过他的内心；可是随着岁月的流逝，老诗卡文斯基变得越来越多愁善感，越来越容易触景生情。

当他看到飞鸟和被皑皑白雪覆盖的群山时，或是听到某个旧日的曲调时，心头总会泛起一阵感伤。在这样的感伤之中，他思念着家乡，思念着祖国，思念着有所归属的感觉……诗卡文斯基一生都在流浪，他在命运女神的捉弄下颠沛流离，饱经风霜。如今，鬓发斑白的诗卡文斯基已经累了，他越来越坚定地希望能够找到一个地方，让自己的心灵和身体都能够得到长久的休息。

根据往日的经验，诗卡文斯基心里清楚，自己的运气的确不好，所以，这个愿望有可能一生都不会实现。过去，他也做过几次尝试，要在一个地方安定下来，过上简单而平静的日子，可是每次都以失败告终。休息这件事对于别人来说或许轻而易举，但是对于诗卡文斯基来说，无异于上天揽月。

过去的种种遭遇，让他不敢对未来有太强烈的期待。如今，诗卡文斯基虽然已经站在了灯塔之上，举目四望，除了海洋和灯光之外什么也没有，但他还是觉得难以置信。他以极其微弱的声音问自己："这一切是真实的吗？我该不会是在做梦吧？"

在过去的几十年间，诗卡文斯基从来没有心想事成过，可是，就在他最渴望远离人群和纷争，独自一人过上清静安宁的日子的时候，这个愿望就这么一下子实现了：他得到了一份为自己量身打造的工作。自己的运气似乎在一夜之间就变好了，直到现在诗卡文斯基还是不敢相信这是真实发生的事。

他在露台上待了很久很久，认真地注视着眼前的大海和海平线上那一片神秘的黑暗。站了一会儿后，诗卡文斯基终于有了一些真实感。

他缓缓走下石阶,回到了自己的卧室。海上的风浪袭来,在灯塔外咆哮怒吼,掀起阵阵骇浪。海上的船只正在和这风浪奋力搏斗,可是灯塔内却是一片详和。厚墙隔绝了外部的一切声音,诗卡文斯基躺在床上,静静地听着钟表走动的声音,那规律又单调的响动,让这个疲倦到了极点的老人迅速地进入了梦乡。

2

　　一天过去了，一周过去了，一个月过去了，诗卡文斯基已经完全适应了作为灯塔看守人的生活。

　　大多数老人都喜欢独居，喜欢远离人群，就像是提前进入了坟墓一样。对于诗卡文斯基来说，灯塔就是那个属于他的坟墓。在这个世界上，有什么工作会比做灯塔看守人还要单调乏味、孤独寂寞的呢？不是没有年轻人来尝试这份工作，可是他们总会在几天之后想方设法地辞职，因为这份寂寞和孤独，对于他们来说是极难忍受的。灯塔看守人的整个世界，就是灯塔之上的蓝天和灯塔之下的碧海。在海天之间，看着这片一望无际的空旷景象，你会觉得心境豁达，同时也会觉得无比孤独。

　　作为灯塔看守人，今天和昨天要做的事情是一样的，明天和今天要做的事情也将会是一样的……这份工作所要做的事情，就是单调的重复。偶尔，要做的事情也会有些不同：天气并不是每天都保持原样，所以挂出去的旗帜也会不一样——这就是重复的日子里唯一的变化。

对于别人而言，这样的日子一定无趣极了；但是对于诗卡文斯基来说，这样的日子是他一生中最幸福、最平静的一段时光。

每天，诗卡文斯基起床后就吃些早餐，然后到灯塔顶上去把灯擦干净，接下来，他会坐在露台上看看风景。对于那些看过了无数次的相同景色，他没有丝毫厌烦。在海面上，时常会有风帆扬起，那些被风吹得鼓胀胀的白色风帆反射着阳光，看起来格外耀眼。这一带的风向很少发生改变，因此船只航行的时间点也基本相同，这个时候，排成一排的船只在海上缓缓向着同一个方向前进，在诗卡文斯基眼里，就像是一大串缓缓前进的海鸥。

光是看着周围的一切，就让诗卡文斯基感到幸福和满足，身心都格外安宁，这是他过去几十年从未体验过的奇妙感觉。他想象着明天、后天、一个星期以后、一个月以后……只要他的身体没有出问题，这样美妙的休憩时光要多长有多长！这样的想法让诗卡文斯基更加感到幸福，仿佛人生已经圆满了。

这个奔波了一辈子的老人，终于在灯塔里得到了自己想要的生活。渐渐地，他又重拾了对生活的信心和希望，他觉得这一切都是上天的安排。

随着时间一天天过去，诗卡文斯基对这个地方越发了解。灯塔是他的住所，岛上的乱石是他的座位，沙滩是他散步的场所，那些时不时飞到岛上的海鸥是他的宠物和伙伴，这里俨然已成为他的家。

一开始，海鸥对他还有些畏惧，但是日子久了之后，它们的胆子也大了起来。只要诗卡文斯基投食，它们就会在周围徘徊，有时候甚至会定时到岛上来等待。在海鸥们吃东西的时候，诗卡文斯基总是用一种怜爱的目光看着它们，就像牧羊人瞧着自己的羊群一样。

诗卡文斯基渐渐爱上了这座岛。虽然岛上乱石丛生，但是那些繁茂的绿色小草为这里添上了一抹生机；虽然岛上风景平平，但是只要登上塔楼，就能够把附近的风光尽收眼底：爱斯宾华尔岛上的棕榈树、椰子、芭蕉等热带植物，日出和日落时分鲜红的霞光，以及临近巴拿马的热带大森林。

诗卡文斯基经常用自己的望远镜观察那片森林。对于这种森林，诗卡文斯基已经很熟悉了：这就是他在亚马孙河一带闯荡过的那种热带森林。他很清楚，这古老的绿海虽然表面上平静而美丽，其实危机四伏，暗藏杀机。在这样的森林中生活，艰苦异常。

可是现在，诗卡文斯基可以尽情地欣赏森林的美丽，他站在灯塔塔顶，丝毫不必担忧森林里面潜藏着死亡的阴影。这让他快乐极了，灯塔就像是他的碉堡和护卫，给了他极大的安全感。

在礼拜日，诗卡文斯基会穿上自己的制服，戴上自己的勋章，走出灯塔，去度过他每周一次的假日。当诗卡文斯基走进教堂的时候，人们议论纷纷，窃窃私语。这里的大多数居民都是克里奥尔人，而诗卡文斯基看起来就像个美国人，这令他们非常好奇。"这个灯塔看守人挺厉害呀，虽然是美国人，但在这儿认认真真地干了好长一段时间。"

"听说他以前是个当兵的，还拿到了许多勋章！"

虽然诗卡文斯基已经老了，听力却不差。每次听到这些话，他都颇为自豪。不过，他还是不太适应城市中的生活，所以礼拜结束之后，他就会匆匆赶回小岛，回到那座让他感到安全和舒适的灯塔之中。

当然，由于一个星期只有一天能够出来，诗卡文斯基偶尔也会买些报纸看看。作为一个身在异乡的人，诗卡文斯基难免会思念自己的祖国，他会仔细阅读和欧洲有关的新闻，也会向法尔冈波列齐先生借阅《纽约先驱报》或者别的报纸。他竭尽全力去了解半个地球之外发生的事情，以此安抚自己那颗思念家乡的游子之心。他也会跟约翰森——负责给他送食物的港警——聊聊新闻时事。

不过，这也只是开始那几周的事情。随着时间的流逝，诗卡文斯基越来越不愿意见人，也越来越不愿意离开灯塔了。他变得不再像个人类，反而更像是属于灯塔的一部分。他的存在就像是潮涨潮落、船只往来一样，是自然而然地存在着的，他成了这座岛的一部分。

诗卡文斯基再也不在乎外界发生的一切，小岛成了他的全世界。在这里，他每天只是重复着前一天做的事情，不用担心有什么动荡，也不用担心有什么危险，这样的生活对他而言很满足，很幸福，外面的世界是什么样子，他已经记不太清，也不太想回忆起来了。他也许还记得世界上有清风、朗月、阳光、海洋，但是，他已经不再在乎自己是什么人了。在小岛之上，他与这壮丽又纯粹的景色融为一体，忘记了一切，也忘记了他自己。

这就是诗卡文斯基所渴望的那种身体和心灵上的休憩。他再也不需要像过去一样颠沛流离，四处奔波。在这里，他什么都不需要思考，什么都不需要担心。从某种意义上说，他在这种物我两忘的状态下，得到了彻底而纯粹的休息。

3

如果没有发生意外的话，或许诗卡文斯基真的会就这样度过他的余生——直到许多年后的某一天，送食物的约翰森发现他没有取走前一天的食物；或者是在某天夜晚，人们发现灯塔上没有亮起灯光。要到那个时候，人们到岛上来查看情况，才会发现这个老人已经陷入了永恒的长眠，脸上还带着安详而满足的笑容。

但是，在那一天到来之前，意外还是发生了。

千篇一律的平静生活，被一件小事给打破了。

这件事就发生在约翰森按惯例划着船来给诗卡文斯基送食物补给的那一天。诗卡文斯基一直以来都不愿意见人，所以他每次都是等到小船离开后才出来拿食物。这一次，除了食物以外，诗卡文斯基还拿到了一个贴着美国邮票的邮包，邮包上写着他的名字。

这个邮包是寄给他的东西吗？

诗卡文斯基感到很奇怪，不过还是拆开了这个邮包。他看到里面的东西之后，浑身都颤抖起来。那是几本用波兰语写成的书啊！虽然诗卡文斯基以前在美国生活，但是波兰才是他真正的故乡。究竟是什么人把这些书寄给了他，又是出于什么原因才这么做呢？

事实上，这个邮包的来源，还得追溯到诗卡文斯基刚来到巴拿马的时候。那时，他借阅了一份《纽约先驱报》，报上刊登了一则信息，说是波兰侨民在纽约成立了一个侨民协会。当时，诗卡文斯基对自己的祖国和同胞们还充满了关心，他寻思着，自己在灯塔上也不会有什么开销，就将自己半个月的薪水捐给了这个协会。协会收到他的捐款之后，为了表示谢意，就挑选了几本波兰语书籍寄给了他。

可是，这已经是几个月前发生的事情了，在这几个月的时间里，诗卡文斯基的生活和心态都发生了巨大的转变，他自然不记得自己曾经做过这么一件事，也完全没有联想到这些书和波兰侨民协会之间的联系。

此时，诗卡文斯基觉得，一个做好准备要在灯塔中孑然一身了此残生的老人，已经几个月没有与外界联系，却收到了来自祖国的文字，毫无疑问，这是上苍的安排啊！上天一定是想借这几本书告诉他什么信息！

"诗卡文斯基啊……"

他闭上双眼，似乎听到一个声音正在呼唤着自己的名字，那声音无比悦耳，可是，他却不敢睁开眼睛，生怕会从这神秘的梦境中清醒过来。

很久之后，诗卡文斯基睁开了眼睛，目不转睛地看着眼前的几本书。放在最上面的是一本诗集,看到诗集作者的姓名时,诗卡文斯基激动极了:那是密茨凯维奇的作品啊。这是一位大名鼎鼎的波兰诗人,也是一位推动民族解放运动的革命家。

几十年前,诗卡文斯基就曾经拜读过他的大作,在西班牙当兵的时候,他也不止一次地听别人提起过密茨凯维奇。可是,在战争中奔波流离的诗卡文斯基,实在没有多少读书的机会。二十年前,他又去了美国,和自己的祖国相隔万里,就连波兰同胞也见不到几个,更别提看到波兰书籍了。

一晃已经过去了这么多年。诗卡文斯基以近乎虔诚的姿态翻开这本诗集,就好像是正在举行一个庄严的典礼一样。整座小岛都沉浸在诗卡文斯基造成的这种庄严肃穆的氛围之中,完全陷入了无声的寂静。诗卡文斯基深吸一口气,开始念起诗集上的文字,由于紧张,他的声音颤抖着:

立陶宛,我的故乡啊,你就像健康一样,

只有失去过后,人们才懂得要去珍惜。

如今,我正在苦苦地思念着你,

我在异国他乡为你歌唱,为你哭泣。

诗卡文斯基停了下来。一阵酸楚涌上喉头,迫使他不得不停止了朗诵。他颤抖了许久,好不容易才平静下来。他提高声音,继续往下念:

那守护光明的圣母!

你神圣纯洁的面庞永存我心,

你保佑着诺伏格罗德克城和它忠诚的人民。

就像你曾在童年时，拯救了我的生命！

如今，希望你能够再次祝福我们，让我们重回故里！

读到此处，诗卡文斯基已经泣不成声了。他那老迈的身体扑倒在地上，满头花白的头发陷入黄色的沙砾之中，号啕大哭起来。诗卡文斯基沉浸在哭泣之中，仿佛是要把自己多年来的思乡之情完完整整地用眼泪宣泄出来。

他离开波兰已经四十年了，早已记不清自己有多久没有听到过波兰语、读到过波兰文字了。可是，就在今天，他收到了用波兰语写成的书籍，这语言和文字跨越了海洋，跨越了大陆，跨越了半个地球，来到了这位孤独的老人身边。

诗卡文斯基落泪并不是因为悲伤，而是因为自己的心已经被思乡之情填满。再次接触到来自自己祖国的书籍，看着这充满了激烈情绪的文字，他倍感亲切，又无比愧疚。在灯塔上的这段日子，他几乎忘记了自己的祖国！他越来越习惯这种孤独的生活，也做好了在这个孤岛上了此残生的准备，他甚至快要忘记自己是一个波兰人了！在这个时候，这些令他心跳不已的波兰文，让他觉得这一定是来自故土的某种启示。只有放声大哭，才能让他好过一些，让他觉得自己还能获得祖国的原谅：对不起，我的祖国，这段时日我竟然忘记了对你的思念！

诗卡文斯基在地上躺了许久许久，久到盘旋的海鸥纷纷从塔顶飞下来观察他，把因哭得太累而睡着的他给惊醒了。他的双眼红肿却明亮，内心平静而坚定。他没有吃东西，而是将所有的食物都抛给了那些海鸥，任由它们争抢。而他呢，他又拿出那几本书，慢慢地读了起来。

现在已经到了黄昏，但是大海上空还有明亮的光线，就着这亮光，诗卡文斯基能够清清楚楚地看见书上的文字，他念道：

请把我这颗充满渴望的心脏带走吧，

带到寂静无声的森林，

带到辽阔无边的原野……

夕阳沉入了海平面，四周陷入了黑暗，那些文字不再清晰可辨了。

诗卡文斯基枕着一块石头，闭上双眼。他的心还沉浸在那些动人而真挚的诗句里，他似乎真的被那最美好的东西带回了家，他的灵魂回到了自己挚爱的故土，看到了溪流，看到了农田，看到了树木，看到了房屋。

一切的一切都在向他打招呼，都在对他发出一声声诘问："你还记得吗？"当然了，他当然记得！其实，他从没有一刻忘却过这一切！

在往常的这个时候，诗卡文斯基已经将塔顶上的灯给点亮了。但是今天，他的脑海被故乡占满了，被祖国的景色占满了——他沉浸在自己的记忆中。在想象的世界中，他来到了自己出生的那个村庄，却没有看到自己家的房子和父母——房子在战争中被摧毁，父母也早已死去。诗卡文斯基在村里到处走动，一切景色都与他印象中的别无二致，村里的屋舍，两个小池塘，池塘里彻夜回响着的蛙鸣。他在担任守夜人的时候，曾无数次地听到过那些声响。眼前的一切，让他觉得那些往事恍如昨日。

又过了一会儿，诗卡文斯基觉得自己又变成了那个站岗的骑兵。从村里的小酒馆传来阵阵歌声和人的说话声，他独自骑着马在山岗上巡逻，有些无趣，又有些快乐。他走走停停，直至深夜，所有的灯光都熄灭了，整个世界进入了安静的梦乡。一切都笼罩在一片朦胧的黑暗之中，村庄远处的田野看起来就像一片汪洋。再过一会儿，鸡鸣声就该响起来了，这寒夜也将结束。波兰的夜晚，总是这样寒冷。

熬过寒彻骨髓的夜晚之后，朝阳会从东边升起。你听，那是雄鸡在报晓，它们宣告着夜晚的结束，白天的开始。

诗卡文斯基觉得自己精神焕发，周围有人在议论战争，这让他也动了念头：他要去参战！在飘扬的旗帜下，冲向战场，与敌人厮杀搏斗。无论波兰的夜晚有多寒冷，这些年轻人的热血都是沸腾的。

天亮起来了，黑暗中的一切都显露出原本的模样，树木和村落，都被阳光镀上了一层金色，显得那么美丽；井辘轳开始转动，发出嘎吱嘎吱的响声，就像灯塔上的金属旗帜与旗杆撞击时的声音。

诗卡文斯基沉醉了，飘飘然了：啊，祖国是多么美丽！故乡是多么美丽！这就是我的故乡，我唯一的故乡！

嘘，有脚步声！

听到脚步声，诗卡文斯基心想，这一定是因为白天到了，其他士兵来跟自己交接了。

就在这个时候，从诗卡文斯基头顶传来一个声音："喂，老家伙，快起来！发生了什么？为什么灯塔没亮？"

诗卡文斯基的想象世界一下子消失了。他瞪大眼睛，瞧着眼前的人，脑海中的想象世界和现实世界还在交战。他花了好长时间，灵魂才从遥远的故土回到现实中来。他定了定神，看着眼前的约翰森，却一句话也说不出来。

约翰森继续询问："你是怎么了？生病了吗？"

"不是。"他摇了摇头。

约翰森说："昨天夜里，你没把灯点上，有一条轮船迷失了方向，在海滩上搁浅了。还好没有人死亡，否则，你还要受审。按照之前说好的，要是你有任何失职行为，就要离开这里，所以，你失去这份工作了。跟我走吧，其他交接事宜，就由领事馆派人通知你。"

这些话让这个头发斑白的老人一下子脸色苍白。他本想说几句话，为自己辩解，却什么也说不出来，因为，自己昨天夜里确确实实没有点灯呀！

就这样，诗卡文斯基再次失业了。几天之后，他登上了一艘开往纽约的船。他失去了属于自己的灯塔，只好重新开始流浪。诗卡文斯基如同风中的一片落叶，不知道自己会被吹向何方。

短短几天，他那挺直的脊梁已经弯了下去，整个人苍老了不少，显现出消沉落寞、颓废无聊的样子，只有那双湛蓝的眸子还保持着往日的明亮。

诗卡文斯基的行李很少。不过，他紧紧地把那本波兰语诗集攥在手里，好像那本书给了他极大的慰藉似的。每隔几分钟，他就会摩挲一会儿那本书，好像非常害怕失去它一样。

就这样，诗卡文斯基离开了他的灯塔，离开了他最后的休息之所。没有人知道，这个波兰老人将会漂泊到何方……

音乐迷扬可

"呜哇——"

随着一声清脆的啼哭,一个婴孩诞生在了这个世界上,这可怜的小东西看起来是那样瘦小,那样脆弱,他那刚刚分娩的母亲看起来也脸色无比苍白,满头大汗。那些围绕在产妇和婴孩身边的女邻居们看到这种情况,都令人难以察觉地摇了摇头。

其中有一位女邻居名叫西玛妮哈,是铁匠的妻子,她是这群女子当中最有智慧的一位。此时此刻,她正在以轻柔的语调安抚这位刚刚成为母亲的妇人:"请允许我为您做好准备,让他坦然从容地到那个世界中去。"她话音刚落,其他女子也纷纷点头赞同。另一位女邻居插嘴说:"没错,依我看啊,现在就该让这个可怜的孩子接受洗礼,他实在是太虚弱了,恐怕他坚持不了多久了。得让他安详地离开才行啊!"在这个女邻居絮絮叨叨的时候,西玛妮哈已经做好了一切准备,把这个小猫一样的婴孩抱了起来。那婴孩似乎感受到了什么,眯了眯眼睛。

西玛妮哈念念有词地祷告了一阵,大意是希望能让这个孩子安详地离开。然而就在她做完这一切之后,却发觉眼前这个孩子完全没有任何死亡的迹象,虽然他又瘦又小、虚弱不堪,可是,他的精神似乎不怎么想离开这具身体。那婴孩哭了起来,两脚乱蹬,尽管哭声和力

气都很小，但的确是发自这个小小的婴孩。

"听他那声音，多像小猫的叫声啊！"一旁的女邻居说道。

女邻居们本以为这对母子命不久矣，可是，他俩却都奇迹般地活了下来。母亲的身体很快就恢复了，她为了生计离开床铺开始干活儿的时候，距生下这个孩子还不到一个星期。

至于那个小东西呢，他生下来的时候虚弱得仿佛只有一口气，却靠着那一口气活了下来，病恹恹地成长着。他的身体一直没有什么起色，直到四岁那年春天，窗外的布谷鸟开始欢快地鸣叫的时候，他才渐渐好转了。不过，他的健康状况还是不大乐观，就这样勉勉强强地长到了十岁。

因为先天不足，这个孩子一直比同龄人要瘦弱许多，也更加矮小；他的面颊瘦得凹陷进去，但是肚子却生得鼓鼓的，看起来有些吓人。他的头发是浅浅的亚麻金色，有些发白，乱蓬蓬地散落着，遮住了他明亮的眼睛。没错，他有一双又黑又亮的大眼睛，那双眼睛非常漂亮，也非常神秘，似乎总是在望着什么遥远的、旁人看不到的地方。

在寒冷的冬日里，他经常坐在灶台后面，蜷缩着身体悄悄抽泣，那是因为他母亲没有在灶台上或者锅里留下任何食物，他又冷又饿，除了哭泣以外什么也做不了。炎热的夏日里，他经常穿着一件破衬衫，用一块破布条当腰带，脑袋上戴着一顶破草帽。那模样看上去就像一只小鸟。

他的家实在是一贫如洗。长到八岁的时候，这孩子就开始到外面去做事了。他给牧人当帮工，帮忙放羊或者养猪。有时候，家里一点儿食物也没有了,他就会到森林里采蘑菇回来吃。或许是老天垂怜,他出入森林那么多次,却从来没有遇上过狼!

就和村里的其他孩子一样,他又迟钝,又憨直。因为他的身体实在是太差了,即便长到了十岁,他看上去还是那么瘦小。村里人都认为,他是不会平安长大的,更别提以后还要扛起照顾母亲的责任了。他的母亲也觉得很无奈,因为这孩子挺喜欢偷懒,他不喜欢干活,也不喜欢学习。有时候,邻居们聊起天来,还会忍不住说:这个孩子的性子到底是像谁呀?

没有人知道确切的答案。

最让人奇怪的,是这个孩子的爱好。他对很多事情都不感兴趣,唯独对音乐情有独钟。对他来说,很多声音都蕴含着音乐。有时候,他到森林边上去放牛,或者带着篮子去采摘野果,最后回来的时候,他的篮子里却空荡荡的。因为他满脑子都想着在森林里听到的音乐,完全忘记了自己到那里去本来是要做什么。他还会摇晃着空篮子,兴奋地告诉他的母亲:"妈,我在森林里听到了音乐,那声音好像有人演奏出来的一样!"

看他两手空空地跑回来,还不停地念叨着什么鬼"音乐",母亲就气不打一处来。她用做饭的木勺敲打他的脑袋:"演奏?我来演奏给你听一听!我敲出音乐来给你听一听!看看你下次还敢这样吗!"

他被母亲手里的木勺敲疼了,边哭边叫:"妈妈,我不敢啦,我真的不敢啦!"但是,下一次到森林里去的时候,他还是认定森林中有某种音乐在演奏着。他甚至认为,森林里可能正在举行一场神秘的音乐会，一切都在为此而歌唱，树叶、草丛、鸟雀、松鼠、清风、太阳……所有的一切。

清风拂过草地和树叶，奏出沙沙的声响，那是音乐；小动物在森林里奔跑的脚步声，那是音乐；人声传到山谷里，飘荡出的一阵阵回声，那也是音乐！

世间万物都在演奏音乐，这孩子就是这么坚定地认为着。每次干活儿的时候，只要听到风声，哪怕这风吹在了他用来铲粪便的粪叉上，他都觉得那是大自然在奏乐。

有一天，他的东家看见他在铲粪便时闭着双眼，一动不动，陶醉地聆听着风声，整个人都气得火冒三丈："好哇，你这小子竟然敢偷懒，不好好干活儿！"东家狠狠地揍了他一顿，边抽还边说："光顾着听什么破音乐！光知道胡思乱想！我看你还敢偷懒？给我好好地干活儿！"

可是，即便是这样的打骂，也只能让他从音乐的世界中短暂地离开一小会儿，对于世界上各种各样的声音，他还是无比着迷。久而久之，大家都管他叫"音乐迷扬可"。

扬可对于音乐的喜爱是无比真挚的。他会在春日里用柳树皮做笛子，在河边吹奏这小小的牧笛，一连吹上几个小时。夜里，池塘里的蛙鸣吵得人睡不着觉，草地上的秧鸡咕咕叫着应和，乱七八糟的虫子和别的动物也跟着发出各式各样的叫声……这些声音让扬可快乐得难以入眠，他会专心致志地聆听这由各种声音组合而成的大合唱，一听就听到第二天早上雄鸡报晓的时刻。甚至，就连雄鸡这一声报晓的啼叫，都让他开心得不得了。

扬可到底从那些声音中听到了什么？有人觉得好奇，就和他一起去听，可是，那人什么也没有听出来。究竟扬可是如何从那些声音里听到音乐的，或许只有上天和扬可本人才晓得！

扬可的母亲甚至不敢把他带到教堂去，因为教堂的音乐总是那么神圣，每次听到那些乐章，扬可都会完全出神，宛如灵魂出窍一般，就连眼神都变得朦胧而迷离，仿佛他根本不属于这个世界，只是在借这双眼睛观察这世界上的人和事一样！

有时候，在夜里，扬可会偷偷地溜到外面去。那些巡夜人碰到他许多次，扬可穿着一件白色的衬衣，小心翼翼地猫着腰、踮着脚跑向大酒店，大概是不希望别人发现他。但是更怪的是，扬可到了大酒店之后，从来不往里面走，当然了，他也没有钱到里面去消费，这也算不上很奇怪的事情；奇怪的是他会站在墙边，小心地贴着墙，蹲在那里，一蹲就是好几个小时……巡夜人这才恍然大悟，扬可这个小音乐迷，是在听大酒店里面的音乐呀！

大酒店里人声鼎沸，《奥贝尔塔斯》舞曲响彻舞厅，那些年轻英俊的小伙子跟着舞曲的节拍，用自己的皮靴把地板踩得啪啪响，还时不时跟着节奏神气活现地吆喝着："呀——呼！"美丽多情的姑娘们则欢笑着，胆子大些的姑娘还会高声叫起来："想要做些什么呀？"

扬可就这样一动不动地蹲在那里聆听，他听到里面的小提琴流淌出婉转的曲调："我们吃呀，喝呀，我们多快活！"他听到里面的低音提琴低沉庄重地响起："多亏上帝恩赐我们，多亏上帝保佑我们！"五颜六色的灯光从大酒店的窗户里投射出来，把黑暗的夜晚也照亮了。

从窗户往里看，可以看到富丽堂皇的大厅里，每一根柱子都在震耳欲聋的音乐声中微微颤动，仿佛它们也在应和着这音乐的节拍……

音乐迷扬可如痴如醉地听着，忍不住在心里想："要是我能有一把小提琴，一把像这样子的小提琴，那该有多好呀！"对他来说，要是能够得到这样的一把小提琴，他甚至可以付出自己的生命！有时候，他甚至想到去弄几块小木板回来，自己做一把小提琴。可是，对这样一个孩子来说，又能去哪里弄木板呢？他能做的，只不过是躲在角落里，倾听这些乐器发出悦耳的声音，直到巡夜人走到他身边来，对他说："扬可，都已经这么晚了，你还不赶紧给我滚回家去！"

扬可急忙用他那两只光着的小脚迈开步子，往家里跑去。可是，就在他跑回家的路上，还是可以听到小提琴在唱："我们吃呀，喝呀，我们多快活！"还是可以听到低音提琴在说："多亏上帝恩赐我们，多亏上帝保佑我们！"伴随着这些音乐声，扬可一路跑回了家。

扬可最期待的就是庆祝丰收的节日和举办婚礼的日子。因为，在这样的日子里，他总是有机会听到自己热爱的小提琴拉出的音乐。庆典结束之后，扬可回到家中，总是默默地坐在灶台边，一点儿声音都不出，只是用那双明亮的眼睛安静地望着黑暗的灶膛，一坐就是一整天。

扬可实在是太喜欢小提琴了，现在，只要有机会，他就四处搜集小小的薄木板和马鬃，他将这些材料积攒起来，动手给自己做了一把小提琴。虽然这把小提琴的音色远不能跟大酒店里的小提琴相比，也奏不出什么流畅而美妙的乐章——只能发出一些微弱的、蚊蚋般的声音，但是扬可还是非常珍爱它。从早到晚，扬可都在弹奏这把小提琴——当然了，为此他耽误了许多工作，经常被东家抽打，弄得身上青一块紫一块的。

扬可越长越大了，由于先天不足加上长期营养不良，他越来越瘦弱，脸颊越来越凹陷，肚子却越来越鼓；他甚至已经长出了白头发！

扬可就是这样一个怪孩子，他和其他孩子完全不像，反而更像是自己做出来的那把小提琴。他和周围的一切格格不入，只能发出些许微弱的声音。每年青黄不接的时候，扬可完全是靠自己想要拥有一把小提琴的愿望和吃生胡萝卜活着的。

可是这样的愿望却给他招致了灭顶之灾。

地主家的仆人拥有一把小提琴，为了博得一个女仆的欢心，他经常在黄昏时奏响自己的小提琴，试图以此打动她。每当这个时候，扬可就会偷偷从草丛爬到墙边，以便更清楚地听到琴声。平日里，小提琴就被挂在墙上，位置正好对着门。扬可专心致志地盯着那把小提琴，恨不得把灵魂灌注到这件自己永远也得不到的宝物中去。他是那么渴望小提琴，哪怕只是靠近些，光明正大地看它一眼；或者只是走过去，把它拿在手里抚摸一下……每当扬可产生这个念头的时候，总能听到自己如同擂鼓般的心跳声。

地主夫妇到国外去旅行了。一天夜里，趁着仆人和女仆都不在的时候，扬可偷偷溜进了佣人房，去看那把小提琴。在月光的映照下，小提琴闪烁着迷人的银色，优雅而耀眼。扬可痴痴地望着那优雅流畅的琴身和纤细紧绷的琴弦，以及那把细长轻巧的琴弓……

天啊，这把小提琴真是太美丽、太动人了！扬可目不转睛地盯着小提琴，似乎被什么神秘的魔力所驱使，缓缓走上前去。有一个声音不断地在他的脑海里回荡："去吧，扬可，这里谁也没有，快去吧！"扬可离小提琴越来越近了，他能够听到脑海里的声音和窗外夜莺的歌声。仔细听，那夜莺正在不断地向扬可发出警告："不要去，扬可，不要去！"

扬可还是走进了那放着小提琴的房间。他已经忘却了一切，心里只有紧张和期待。在四下无人、寂静无声的夜晚，小提琴忽然响了一声，但那并不像是被谁弹奏出的音符，而是更像有人不小心碰到了紧绷的琴弦，弄出来的响动。

这微弱的声音在安静的夜晚，显得那样突兀、那样明显！

马上就有一个粗鲁的声音传来："是谁躲在那里？"

扬可吓了一大跳。他立刻屏住呼吸，一动不动地站在那里，心里暗暗懊悔，为什么要走进这个房间。

那个声音又问了一次："究竟是谁？！"

有人划了火柴，点亮了灯，自然，在这种情况下，扬可无处遁形。

阵阵咒骂声传来，其中还夹杂着孩童的哭泣声和拳头打在皮肉上的声音。没过多久，狗也叫了起来，地主老爷的庄园里躁动起来，喧哗声持续到了后半夜……

第二天，扬可被送到了审判桌边，乡长和审判员皱着眉头瞧着扬可，扬可则以充满恐惧的目光盯着他们瞧。

扬可已经挨了一顿揍了，他不知道这些人打算怎么处置自己，也不知道自己现在在什么地方，他害怕得要命。本来扬可的身体就不好，经历了这么一场风波，他更是瑟瑟发抖，羸弱不堪。这些人是打算审判他吗？是打算把他送到监狱里去吗？可是他年纪那么小，只不过是个十岁的孩子呀！况且，还是一个一点儿也不健康的孩子。

最终，乡长做了决定。他吩咐看守石塔赫把这个孩子带走，给他点儿教训，叫他不敢再犯。毕竟，扬可太小了，他们不可能真的对他进行审讯。

他也是这么告诉石塔赫的："你把他带走，给他点儿教训就行了！"

于是石塔赫把扬可夹在腋下带到谷仓，那样子就像是在教训一只小猫崽一样。他狠狠地揍了扬可一顿，扬可痛苦难忍，不停地叫着："妈，救救我吧，妈！妈妈呀！"

石塔赫是一个蠢笨的看守，他根本没有想过，扬可这么年幼，身体又不好，根本经不起他这一顿结结实实的毒打！没过多久，扬可已经奄奄一息，连一个"妈"字都说不出来了。

第二天，母亲把扬可抱回了家。扬可一直躺在床上，到了第三天傍晚，他已经只有进气，没有出气了。阳光照在他那苍白的脸蛋上，恰好这个时候，那些割草的女孩们回来了，她们一边唱着《啊，在碧绿的草地上》这支歌儿，一边往村里走，还有笛声为她们伴奏。扬可就这样安静地听着这动人的音乐，这是他最后一次听到音乐了。他往旁边瞧了一眼，那里放着那把他用薄木板做成的小提琴。

扬可眼中忽然闪过一丝灵动的亮光，他看向自己的母亲，叫道："妈！"

母亲眼含热泪，问道："怎么啦，我的儿子？"

扬可以微弱而坚定的声音问母亲："妈，到了另外一个世界之后，我能够拥有一把小提琴吗？"

"当然！我的孩子，当然会的！"母亲再也忍不住了，她哽咽着把这句话说完，便趴在一旁哭了起来。她心中充满了无力感，因为她很清楚，自己的孩子马上就要离开人世了，可她作为母亲，却一点儿办法也没有！

当她再次抬起头来的时候，扬可已经永远地离开了这个世界。

扬可，安息吧！

一天后，地主夫妇从意大利旅游归来，跟着他们一起回来的还有地主家的大小姐和一个正在追求她的青年。那个青年感慨道："意大利这个国家，是多么美妙啊！"

"是呀！"地主家的大小姐赞同道，"意大利有那么多艺术家，每一个真正有才华的人在那里都能够被发掘，被保护，被培养，这是多么幸运啊！"

扬可坟头上的白杨树被风吹动，哗啦啦地响着，似乎是在回应大小姐的那番话语。可是，能够听懂这响声的人，已经不存在了……

老仆

1

老仆这种职业就和管家、总管和守林人一样,是一种快要被人们遗忘的职业,如今已经快要绝迹了。不过,当我还是一个孩子的时候,我们家里倒是有过一个老仆,他的名字叫作米科拉伊·苏霍弗尔斯基。他曾经是著名的苏哈威福利亚镇上的一个贵族,时不时地就会谈起这个镇子的情形。

拿破仑战争时期,米科拉伊是我祖父手下的一名传令官,后来,祖父和祖母过世了,父亲就从他们那里继承了包括米科拉伊在内的一些遗产。不过,米科拉伊究竟是从什么时候开始服侍祖父的,就连他自己都记不清了,毕竟,那已经是很久很久以前的事情了。

所以,每当有人问他这个问题的时候,他就会故作高深地摇头晃脑,低头嗅嗅他的烟叶子,告诉那些人:"那个时候我还是个孩子呢。至于上校老爷呢——但愿上帝保佑他——那个时候也年轻得很呢,下巴上光溜溜的,一根胡子都没有!"

他似乎无所不能,什么事情都能办。平日里,他在餐厅里当侍从;夏季里,他是我们的管家,负责监督粮食的收割;冬季里,他会去监督工人们打谷子;除此之外,他还掌管着酒窖、储存室和食品室的钥匙,偶尔还负责守夜和打更……老仆做事情总是有条不紊的,美中不足的是他做什么都喜欢絮叨。

每当我想起米科拉伊的时候,最先想起的就是他的絮叨。米科拉伊对什么事情都不满意,对他来说,每件事都有可挑剔的地方,虽然我很喜欢他,但也吃不消他这种脾气。今天,他在埋怨我父母;明天,他在厨房和厨子争吵;后天,他又揪着小仆人的耳朵满屋子乱转……总而言之,任何人和事他都能挑出点儿毛病来。每次他喝醉的时候——他每个星期都会喝醉——他每个星期都会喝醉——每个人都要躲着他走,要是谁不幸在这个时候被他碰上,那就完了,他会一直盯着这个倒霉鬼,对这个家伙横挑鼻子竖挑眼,不依不饶地絮叨个没完。

在用餐时间,他总是站在我父亲的椅子后面指点那些负责伺候的仆人,但是他并不会亲自上手。他会非常严厉地批评他们:"认真一点儿!做事细心一点儿!"或者是嘀嘀咕咕地说:"别总是东张西望,要不我就要给你点儿颜色瞧瞧了!还不赶紧进餐厅里去?你以为你是什么,上了年纪的耕牛吗?走路慢得要命!还不快把主人的盘子换掉,你是不知道怎么听吩咐吗?看我干什么,还不快点儿干活儿!"

不仅如此,他还会在我父亲和母亲谈话的时候插嘴,而且他插嘴的时候,往往是为了表达反对意见。有时候,我父亲有些不耐烦了,就会吩咐他去做些别的事情,比如,他有时候会说:"米科拉伊,我

想到外面去走走，你吩咐马童给我准备好马！"

"啊，到外面去走走？对啦！就应该到外面去走走！"米科拉伊总是能够顺着这话往下说，"马就是用来给人骑的，哪怕是在路上把腿给跑断了又有什么可惜的呢！主人要出门去造访他的朋友，做仆人的当然得支持他，哪能够做什么事情来阻止呢？当然应该去啦！虽然家里的事情多得要命，账还没算完，谷子还没打好，但是主人急着要到别人家去，这才是第一要紧的事呢！"

从他的话语中，每个人都能听出他的阴阳怪气里充满了反对与不满，而且这话往往会激怒父亲，他说："我的天哪！米科拉伊，你可真是个惹人讨厌的家伙！"

"我可从来也没说过自己不讨人厌！"米科拉伊却这样回答，"我本来就脑子蠢笨，我自己也知道的啊！家里负责管事的都到公爵的女管家那里去串门了，主人要去拜访朋友也是理所当然的！仆人都去了，主人没道理不去呀！"

米科拉伊就这样絮絮叨叨地发着牢骚，谁也没办法让他住嘴。

我和我弟弟最害怕的人，就是米科拉伊了。在我们心里，米科拉伊的可怕程度胜过了父亲和母亲，甚至胜过了我们的家庭教师鲁托维克牧师！但是说来也怪，他对我的妹妹们总是保持着彬彬有礼的态度，即使她们年纪还很小，他也会称呼她们为"小姐"；但对我和我弟弟，米科拉伊就会毫不客气地直接叫"你"。

不过，米科拉伊有一个特点非常吸引我，那就是他总是会在自己的兜里放着一些子弹。我写完功课之后总是会跑去找他，小心翼翼地问他:"米科拉伊,您好呀!米科拉伊,您今天是不是要擦手枪呢?"

"嗯?你想干什么呢?"米科拉伊皱起眉头。"我只是要把抹布准备好,没有其他打算!"然后,他就会以嘲弄的口气模仿我说话的态度:"米科拉伊!米科拉伊!你想要看子弹的时候就会说,'您好呀米科拉伊!'但是你用不着我的时候呢,才不会管我的死活呢!哼!你啊,还是好好地读书去吧,玩手枪可不会让你的脑袋瓜子变聪明!"

在他的嘲讽之下,我难受得差点哭出了声,反驳道:"可是,我已经把功课给做好了!"

"功课做好了!呵,那又能怎么样呢?做完了功课,脑袋瓜子还是空荡荡的,什么也没有!我才不会遂你的心愿,把子弹给你呢!"

米科拉伊虽然这么说着,但他还是把手伸进了口袋里。"唉,这家伙,总是要枪、要子弹,要是哪一天他被手枪给射伤了,遭罪的可是我这个老家伙呀!因为这全是米科拉伊的错,谁让米科拉伊让他玩儿枪了呢!"

他絮絮叨叨地走进父亲的房间,掏出手枪,将枪仔仔细细地擦拭好,又检查了好几遍,然后才点亮了蜡烛,拿出子弹填装好,将枪放进了我的手里,让我瞄准。

这本该是个激动人心、令人高兴的时刻,但是,那得建立在米科拉伊不对我唠唠叨叨的前提下……"你怎么是这样拿枪的?看起来就像剃头匠拿推子一样!要是你想开枪把蜡烛熄灭的话,还不如拿嘴去吹呢!就你这样子,只能去当个教士了,还想当兵呢!"

不过,尽管如此,米科拉伊在挖苦我之余,还是教会了我许多知识。那些事情都是他在当兵的时候学到的。我和我弟弟经常在饭后跟着他一起做操，有的时候，鲁托维克牧师也会加入我们，但是他做操的模样非常滑稽，就连对他颇为敬重的米科拉伊也会忍不住说上一句："尊敬的牧师啊，你的模样看起来，就像是一头上了年纪的耕牛……"

因为我是年纪比较大的那一个，所以总是被米科拉伊以严厉的标准来要求。他总是要求我第一个学会某些事情，还经常唠叨我。不过，即使是这样，当我要被父母送到学堂去的时候，米科拉伊还是难过得哭了起来，就像是我遭遇了什么不幸一样。父亲告诉我，自从我去上学以后，米科拉伊总是闷闷不乐的，埋怨了他们两个多星期。

"他们居然要把自己的孩子送到学堂里去！他到学堂里去做什么呢？他难道不是地主家的少爷了么？为什么还得上学堂呢？这可真是又愚蠢又滑稽！孩子走了呀，我这个老家伙还能做些什么呢，每天只不过是在瞎忙活罢了！"

我第一次放假回家，恰好是冬日里的一个清晨。那个时候，天边曙光初现，家里还没有人起床，天气冷得刺骨，村里静得要命，我甚至可以听见井口的辘轳转动的声音和村里的狗叫声。家里只有厨房的窗户透出一丝亮光，那红彤彤的颜色映照在白茫茫的雪地上，就像是盛开的花朵一样明亮好看。可是，我却一点儿欣赏的兴致都没有，因为我考了个很糟糕的成绩。那个时候的我尚未适应学堂里的生活，一想到家里人很快就会知道我的成绩，我就焦虑不安，既害怕父亲责怪，又害怕鲁托维克牧师失望。

我正在犹豫该不该进屋去，厨房的门忽然打开了。米科拉伊端着一盘热乎乎的烤奶油从里面走了出来，鼻尖冻得红通通的。他看到我站在那儿，激动坏了，一下子就嚷嚷起来："天哪！我亲爱的小少爷！"正是从那一刻起，他开始管我叫"少爷"了。

米科拉伊急急忙忙地放下手里的盘子，他的动作那么匆忙，甚至碰翻了盘子里的两杯热奶油，为此，他花了整整两个星期来埋怨我："我端盘子端得好好的！谁知道他偏偏在那个时间回来了呢！哎呀呀，真是的……"

我的书法成绩和德语成绩都很糟糕，本来呢，父亲打算要揍我一顿，但是这个念头被母亲的劝阻、我的泪水，以及米科拉伊的抗议给打消了。米科拉伊说："书法是个什么鬼东西？还要学德语，我们碰上德国人的时候也不跟他们说德语啊！反正他们会立刻转身逃跑，这样还不够吗？"

米科拉伊上了年纪之后，还养成了一个习惯。他平时不会主动提到自己当兵时的那些事情，可是一旦他高兴了，就会大谈特谈，有时候还会大吹特吹。我觉得，他并不是在故意夸大其词，而是因为年纪大了，记忆有些混淆，把别人的经历当成是发生在自己身上的事情说了出来。至少，老米科拉伊是很相信他这些故事的真实性的。

老米科拉伊在监督农夫们打谷子的时候，时不时会提到那些可能发生在别人身上的故事，他那绘声绘色的叙述总能让农夫们听得目瞪口呆，连下巴都给惊掉了。他们听得入迷的时候，就停下了手里的活儿，光顾着听他说话。他发现之后，又会怒气冲冲地对着他们大吼起来：

"你们全都张着嘴看着我做什么？给我好好干活儿去！"

于是，农夫们又继续打谷子去了。

老米科拉伊会安静一段时间，过一会儿，他兴致一来，又说了起来："那个时候，我的儿子写了一封信来，说是他已经当上了将军，每个月的津贴都很高，只有一点不好，就是那个鬼地方天气实在太冷了。"

老米科拉伊的确有个儿子，但是这个儿子很不成器，早年离家出走以后音讯全无。米科拉伊还有一个女儿，长相清丽脱俗，但是个病西施，在生产的时候因难产香消玉殒了，只留下了一个骨肉，也就是老米科拉伊的外孙女哈妮雅。哈妮雅性格温柔可爱，心地善良，也曾经历过许多生活上的艰难，不过，那都是些陈年往事了。

我们再说回米科拉伊。他向大家说过当兵时各种各样的旧事，有一次，他在家里吹嘘说："我打仗不行？难道你们觉得我连仗也打不好吗？和奥地利人开战的时候，我在阵营里，他们的总司令骑马走到我身旁来，对着我就是一句，'啊，苏霍弗尔斯基，是你，我知道你！只要能够捉住你，这场战争就该结束了。'"

这话听上去多叫人匪夷所思呀！于是我父亲就问他："难道他就没有说什么话，提到你的上校老爷？"

"那怎么会没有呢？"米科拉伊立刻见风转舵，"总司令说啊，只要能够捉住我和上校……"

"快打住吧！"鲁托维克牧师忍不住了，"你别再说谎了！把牛皮吹上天能让你涨薪水还是怎么的？"

要是换成别人这么说，一定会被米科拉伊一顿臭骂，但是鲁托维克牧师是他尊敬的头号人物，事实上，他还有些害怕牧师，因此没有立刻反驳。不过，过了一会儿，米科拉伊又开口补充道："献克鲁基牧师也是这么对我说的！奥地利人曾经刺中过我的第十五根，不对，我的意思是说，刺中我的第五根肋骨，当时我就觉得，糟了，这下我可死定了，于是，我对献克鲁基牧师忏悔，希望能够得到上帝的宽恕，但是牧师却对我说，'上帝啊，你一定是在说谎！米科拉伊！'不过，现在我已经记不太清当时究竟是怎样一个情况了。"

"那么，是他们把你的伤给治好的？"

"他们？才不是呢！"米科拉伊说，"那伤是我自己治好的！用伏特加兑点火药，晚上的时候一口闷下去，第二天早上整个人就精神抖擞、活蹦乱跳了！"

像这类荒诞离奇的故事，我本来还可以从他那里听到许多。但是，鲁托维克牧师明令禁止米科拉伊对我们胡说八道，他认为这些胡言乱语会让我们这些小孩子头脑发热，所以，米科拉伊此后就很少提到那些故事了。

不过，鲁托维克牧师的想法太天真了，这些年轻人，无论在什么时候都很容易头脑发热，这和米科拉伊究竟说了什么，根本没有多大关系。更何况，米科拉伊待我们很严厉也很热心，他会监督我们，看管我们，不让我们做错事情。从当兵的时候起，他就一直是一个认真行事的人，无论如何，他都会坚决执行主人下达的命令。

2

我记得有一年冬天，狼群肆虐，它们成群结队地到村里来吃人们养的动物。这让父亲动了围猎狼群的念头，他原就是一个酷爱打猎的人。于是，父亲就想要邀请一位善于打猎的朋友——伍兹托仁茨基先生——一起来帮忙。他亲自动笔写了一封信，让米科拉伊带到城里去，送给伍兹托仁茨基先生。

"米科拉伊，你和佃户一起到城里去，顺路到伍兹托仁茨基先生家去一趟，把这封信给他，把他的回信给我一起带回来。"

于是，米科拉伊就和佃户一起进城了。佃户当天夜里就回来了，米科拉伊却过了两天、三天……都毫无音讯。为此，父亲很是担心："难道米科拉伊在回来的途中遇上狼群了？"我们派人到处搜寻，却没有找到米科拉伊的任何踪迹。我们又派人到伍兹托仁茨基先生家去询问，却得知米科拉伊那天去送信的时候，没有见到伍兹托仁茨基先生，米科拉伊向仆人打听清楚伍兹托仁茨基先生的去向之后，又跟他借了四个卢布，就离开了。

没有人知道米科拉伊去了哪里，也没有人发现他的踪迹。第六天夜里，就在我们以为米科拉伊已经不幸身亡，正在家里难过得痛哭流涕的时候，他回来了。

米科拉伊看上去风尘仆仆的，又憔悴，又狼狈，胡子上还挂着冰碴，简直让人认不出来。

"我的上帝啊！米科拉伊，你这几天究竟跑到哪里去了？"

"跑到哪里去？我还能跑到哪里去？"米科拉伊依旧不改他絮絮叨叨的毛病。"我到伍兹托仁茨基先生家里去，没见到他的面，他们告诉我他到柏靖去了；我到柏靖去之后，那里的人又跟我说他去了卡罗路夫佳；我只好跑到卡罗路夫佳去找他，可是那里的人一问三不知，我只好到城里去四处打听，才知道他又跑到省里去了；就这么着，我一直跑到省里，才把信成功交给他。"

没想到他这几天一直在四处奔波，父亲又问："那么，他有没有给你回信呢？"

"给了，但是他在回信的时候一直取笑我，说您邀请他上周四去打猎，这都已经周一了，我才把信给送来，早就过期了。看，这是他的回信。"米科拉伊说着，将一封信递给父亲。

"那你这几天有没有吃东西呀？"

"从昨天起我就没吃什么了，不过，我都已经回到家里来了，现在吃也行啊！"

这件事之后，再也没人敢对米科拉伊下达什么死命令了，每个人都吩咐他要见机行事，还会告诉他要是去找的人不在家的话，他应该怎么做。

几个月后，米科拉伊到附近城里去买马。他是个很擅长相马的人，但是管家告诉我们，他在市集上和别人打了一架，受了伤，所以买马回来之后一直不好意思出来见人。

父亲得知他居然在市集上和别人打架，气愤至极，训斥了他一顿。家里的其他人也纷纷数落米科拉伊，认为他这样做很不妥当。要是在平时的话，米科拉伊一定会反驳，罗列出种种理由来，还会向大家解释事发原因，但这一次他却什么也没有说，只是哼哼两声敷衍过去，一副讳莫如深的样子。

要不是因为第二天他病倒了，父亲为他请了医生，恐怕这件事的起因会永远地变成一个谜，被米科拉伊默默地藏在心底。医生细细盘问他究竟发生了什么事，米科拉伊才把事情真相告诉了他。

原来，这事和父亲有关。不久之前，父亲曾经训斥了一个仆人，那个仆人在被训斥后的第二天就卷铺盖逃走了，他逃到了我父亲的仇敌——德国人卓里那里去。米科拉伊到市集上去买马的时候，正巧卓里和他家里的几个仆人在市集上卖牛。他们碰到米科拉伊以后，就来挑衅他，还口出狂言侮辱了我父亲。米科拉伊实在是气不过，这才和他们打了起来。他们人数上占了优势，将米科拉伊狠狠地修理了一顿。

原来米科拉伊是为了父亲才跟人打架受伤的！父亲得知真相之后，痛哭不止，他还责备米科拉伊为什么不肯告诉他真相。米科拉伊一开始还支支吾吾地不愿意承认，但最后他还是承认了事情的真相的确是这样。于是他们主仆二人抱头痛哭了一场，感情也变得更加亲密了。后来，我父亲还说，真想去跟卓里决斗，为米科拉伊报仇。

要不是医生从米科拉伊那里问出了事情的真相，恐怕我们到现在都不知道米科拉伊英勇的护主行为。但是，米科拉伊对医生这个人可是大有意见。

事情要从我的玛莉亚姑姑说起。玛莉亚姑姑是我父亲的妹妹，她又美丽、又仁慈、又高贵、又善良，医生是她众多爱慕者当中的一个。

本来呢，米科拉伊对医生的印象还算可以，但自从他发觉了医生对玛莉亚姑姑的想法之后，对他的态度就日渐冷淡了。以前医生到我们家里来的时候，有时会逗留许久，直到晚上才离开，米科拉伊总会一边絮絮叨叨，一边为医生拿来大衣，披在他的肩上。可是现在呢，他对医生不理不睬。

医生是一个温和善良又有学问的人，没花多长时间，他就明白了米科拉伊对自己态度转变的原因。虽然他心里也不太好受，但是每次见到米科拉伊，他还是会温和地对米科拉伊笑一笑。

和米科拉伊不同，玛莉亚姑姑的芳心被医生打动了。在一个月色如水的夜晚，花园里的鲜花散发着馥郁的芬芳，玛莉亚姑姑坐在钢琴旁，一边弹琴，一边歌唱。她的歌声如同倾泻的泉水一样，清脆悦耳。这个时候，医生小心谨慎地走上前去，颤抖着对她表白了心迹："动人的姑娘啊，要是我的生命中没有你的话，那么，我的生命也就不存在了。"

玛莉亚姑姑迟疑了片刻，最终还是被他的话语打动。两人在月色下彼此倾吐心意，以天空中的那轮朗月为证，立下了山盟海誓。

原本，他们还会继续谈下去，但是米科拉伊打断了这场谈话。原本他是来请他们到屋里去喝茶的，没想到却看到了他俩花前月下这一幕。这深深地刺激了米科拉伊，他飞快地跑到我父亲那儿，打算向他报告这件事；没能找到我父亲，他又第一时间去找了我母亲。可是母亲听完他的叙述之后，只是微微一笑，吩咐他不要对玛莉亚姑姑和医生的关系横加干涉。

这下子米科拉伊可就不高兴了，他对这个结果愤愤不平。我父亲回家之后，他就一直跟在父亲身后，一副欲言又止的样子，又假装咳嗽，不主动把这事说出来。

于是父亲只好主动问他："米科拉伊，你找我有事情吗？"

"啊，这个，嗯，就是，那个啊，"米科拉伊有些吞吞吐吐地问，"我是想知道，我们姑小姐，是真的要结婚了吗？这，这是真的吗？她要嫁为人妻了？"

父亲点了点头，说道："对啊，没错，怎么了？"

"姑小姐要嫁人，这也不是不可以，咳，可是，咱们家的姑小姐无论如何也不能嫁给那个赤脚郎中啊！"

听了他的话，父亲皱了皱眉。"什么赤脚郎中呀，人家可是个正经医生。你怎么对什么事情都有意见呢，米科拉伊？"

"姑小姐是咱们家的好姑娘呀！她可是上校老爷的女儿！要是老爷还在人世的话，绝对不会同意这门亲事的。咱们家的小姐，难道不该和贵族青年结婚吗？医生，医生算得了什么呀？要是姑小姐真的嫁给他，一定会被别人嘲笑的！"米科拉伊说。

父亲说:"医生是很有学问的人。"

"学问？哼！都是嘴上说说罢了！我见到过的医生可不少，他们就知道在军营里到处乱转，指手画脚地发表意见；到了打仗的时候，他们就一溜烟儿全跑得没影了！多丢人呀！那些医生，对无病无灾的家伙压根儿就不搭理，光知道拿着小刀子去割那些生了病的家伙！哎哟！我告诉你吧，这可太不合适了！要是上校老爷知道这桩婚事，没准儿会气得从坟墓里爬出来的！医生可不是什么上流社会的好青年！咱们家的好姑娘可不能跟他结婚呀！他凭哪一点能够高攀得起呢？"

虽然米科拉伊是如此愤愤不平，但他还是没能成功阻止这桩婚事。半年后，医生如愿以偿地将玛莉亚姑姑娶回了家，举办了一个正式的婚礼。在婚礼上，所有的亲人都打心眼儿里为玛莉亚姑姑高兴，纷纷落下了不舍的泪水。米科拉伊也哭了，但他的泪水显然没有什么高兴的成分，完完全全就是在气医生竟敢娶走他的姑小姐！

不过，米科拉伊一点儿也没有生玛莉亚姑姑的气，这个老人的一颗心都放在了我们一家人的身上，对他来说，对玛莉亚姑姑不闻不问是不可能发生的事情。不过，在那以后，米科拉伊有很多年都没有提到过医生，即便在谈话时说起玛莉亚姑姑，他也会刻意地忽略医生的姓名。当然了，玛莉亚姑姑与医生结婚后，过得非常幸福美满，他们生了四个孩子，两个男孩两个女孩，都出落得一表人才。米科拉伊也非常喜爱玛莉亚姑姑的四个孩子，他对待他们就像是对待自己的亲生骨肉一样。不过，我心里很清楚，他对于玛莉亚姑姑的婚事始终心怀芥蒂。

3

有一年圣诞夜，我们才刚刚在餐厅落座，准备用晚餐，就听到外面有车轮滚动的声响。父亲觉得可能是上门拜访的亲友，就吩咐说："米科拉伊，你去瞧瞧是什么人来了。"

米科拉伊照吩咐出去了，不一会儿，他兴高采烈地跑了回来，报告道："是小姐来了呀！"

"是哪一位小姐？"父亲已经隐约猜到了是玛莉亚姑姑，不过还是问了一句。

"就是咱们家的姑小姐呀！"米科拉伊快乐地回答。

其实，那个时候玛莉亚姑姑已经嫁作人妇、身为人母许多年了，人们早就不再用"小姐"或者"姑娘"这样的头衔称呼她了，而是管她叫"夫人""太太"，但米科拉伊还是坚持叫她"小姐"。

不过最后，老米科拉伊对医生的偏见还是消失了。那年，他的亲生女儿留在世界上唯一的孩子了，也就是他的外孙女哈妮雅得了伤寒，病情严重，躺在床上奄奄一息。我也觉得难过极了，因为哈妮雅和我年纪相仿，我们从小就在一块儿玩。对我而言，她就像是我的一个小妹妹。在她卧病在床的那三天里，医生一直没有离开哈妮雅的房间，昼夜不停地照料着她。

对于米科拉伊来说，哈妮雅比他自己的性命还重要，在那几天里，米科拉伊吃不下也睡不着，就像着了魔一样，日夜守候在哈妮雅的房门外，为了避免传染，除了医生和我母亲，其他人都不能够靠近她的病床。对于米科拉伊来说，他唯一的外孙女生了病，比他自己生病更加痛苦、更加难过。因为哈妮雅，他始终揪着一颗心。就在米科拉伊快要陷入绝望的时候，医生总算是从哈妮雅的房间里出来了。大家一拥而上，围住医生，着急地等着他开口。医生脸上露出一抹喜悦的笑容，告诉我们："没事了，她得救了，已经脱离危险了。"

"我的老天呀！"老米科拉伊一下子跪倒在地，痛哭流涕地扑到医生脚边："我的救命恩人呀！我真是打心眼儿里感激你！"

在医生的精心治疗下，哈妮雅很快就恢复了健康，变得像以前一样了。而米科拉伊呢，他对医生的看法有了彻头彻尾的改变，就好像那个讨厌医生的米科拉伊根本就不是他一样。现在，他动不动就夸赞医生说："医生多么能干啊！又有学问！马又骑得那样好！要不是他那高明的医术，我的哈妮雅可就……啊，真是上帝保佑！幸好有上帝保佑呀！"

但是，这事发生还未满一年，病倒的人就从哈妮雅变成了即将年满九十的米科拉伊。他毕竟是上了年纪，背驼得越来越厉害，他不再像以前一样精力充沛地絮絮叨叨，或者是神气活现地吹牛扯谎了。他变得又安静，又衰弱，不再干那些力气活了。老米科拉伊做了许多鸟笼和套索，在自己屋里养了许多鸟雀，尤其是山雀，数量格外多。

在米科拉伊不久于人世的那几天，他已经变得老眼昏花，认不出人来了。但是，在离世的那天，他却恢复了精神和意识，人们说那就是所谓的"回光返照"。那个时候，我母亲身体不好，我父亲陪她到国外去休养，我和弟弟则与鲁托维克牧师一起陪着老米科拉伊。那是一个寒冷刺骨的雪夜，我们正待在壁炉边烤火，白发苍苍的鲁托维克牧师沧桑老迈的声音颤颤巍巍地祷告着，我和弟弟则在擦拭猎枪，准备第二天去打猎。这个时候，仆人来通知我们，说米科拉伊快要不行了。

听到这句话，鲁托维克牧师赶紧去为他准备圣餐和圣礼，我则立刻狂奔起来，径直跑进了米科拉伊房里。那时，老米科拉伊面色苍白，躺在床上，身体已经开始僵硬了。他的脑门上已经没有几根头发了，我甚至能够看见他脑袋上的两道旧伤，那是战争给他留下的痕迹。

房里的蜡烛快要熄灭了，愈发显得毫无生机。老米科拉伊饲养的山雀在房间的角落里不断地发出细弱的悲鸣。哈妮雅一边流着眼泪，一边不断亲吻着他的手。

鲁托维克牧师已经打理停当，他走进房间，预备让米科拉伊做最后的准备。但是，米科拉伊，这个即将离开人世的人，却请求再见我最后一面。"我亲爱的老爷和夫人不在这里，"他说，"这让我有些难过。不过，那也没什么的，我的少爷，我的小主人，至少您还在这里。我恳求您照看我的外孙女哈妮雅，她无父无母，是个可怜的孩子，从今以后,她就连我这个老头子也要失去了!我想请您替我照看她,上帝会报答您的善心!要是我过去有什么过错,请您原谅我,我知道我经常弄得大家不高兴,但是我的确是怀着一颗忠诚的心在做事……"

他深深地吸了一口气,说道:"我唯一的外孙女!我的小主人!我将她托付给您了……"

鲁托维克牧师正在一旁为他做仪式,他说道:"上帝,我将这个勇敢的士兵,忠诚的仆人和虔诚的教徒交给您。"

于是,米科拉伊就这样永远地离去了。

我们所有人都跪在地上,牧师则开始为逝者诵读祷文。

这已经是几十年前发生的事情了,那忠诚可靠的老仆的坟墓上已经长满了野草。暴风雨已将我那坐落于小村庄之中的宁静家园摧毁,拆散了当年的骨肉至亲和忠实老友……鲁托维克牧师、玛莉亚姑姑都已经入了土。我呢,则依靠写作努力地挣口饭吃,至于哈妮雅……那又是另外的一个故事了。

唉!落笔到此处,我的双眼早已被眼泪模糊了……

奥尔索

1

在秋季即将迎来尾声的时候,阿纳海姆这座小城市迎来了一年之中最热闹的一段时光。这是南加利福尼亚的一座城市,城里有各种各样的打工仔,大多数都是墨西哥人或者印第安人;他们为了赚钱养家背井离乡来到这里。这些来自部落里的人身上有着各种各样的文身图腾,他们会在任何一个自己能够找到的空地上休息,从街头到广场,从野地到住宅,都有他们的身影。

这座小城最好的景致就是在秋季才出现的。青翠又生机勃勃的植物随处可见,城中人声鼎沸、热闹非凡;可是当你走出葡萄园,城外却是一大片荒凉的沙漠,与城里热闹而充满生机的盛况对比鲜明。

黄昏时分,夕阳西下,太阳从海平线上失去了踪影。无数鸟雀在晚霞的映照下,从山区飞向大海,那是一幅美得让人心醉的图景。这时,城中也是盛况不断,人们在篝火边聚集起来,载歌载舞。在这里,你可以听到天性热爱音乐的黑人击打的鼓声,看到善于舞蹈的墨西哥

人的舞姿，而印第安人呢，他们在一旁呼呼嘀嘀，不停地为朋友们打着拍子。狂欢的人群在篝火的映照下是如此快活，他们脸上的笑容就像火光一样灿烂。那些本就住在这里的居民，就站在一旁，饶有兴趣地看着这些异乡人玩乐。

印第安人摘下最后一串葡萄的时候，就是这儿的欢乐气氛达到顶峰的日子。来自德国的吉尔什先生会把自己的流动马戏团从洛杉矶带到此地，马戏团里有那些被驯服的、懂得玩种种把戏的美洲豹、大象、狮子、猴子和鹦鹉。印第安人会为了到马戏团去看一场表演慷慨解囊，尽管他们囊中羞涩。当然啦，野兽的表演并不是吸引他们的全部因素，那里的演员、小丑、大力士和魔术师表演，对他们来说也是能值回票价的。在他们心里，魔术并不是唬人的把戏，而是神奇的魔法，是一种超自然现象。

吉尔什先生的马戏团也颇受南加利福尼亚人的喜爱，有传言称吉尔什先生会在今年为大家奉上"最精彩绝伦的演出节目"。

于是，当马戏团到达阿纳海姆的时候，那些周边城市的居民也如潮水般涌向这座小城，就为了一睹精彩的节目。各种各样的车辆将道路堵得水泄不通，就连那些平日里大门不出二门不迈的贵族也似乎受到了这份热情的感染，罕见地走出了家门。那些顾盼生辉、身材丰腴的贵族小姐们，以优雅的姿态端坐于马车后座，矜持地攀谈着；那些从罗什涅托市来的西班牙夫人们，披着华美精致的昂贵披肩，以一副漫不经心的神态打量着周围的景物；那些随夫君而来的太太们则衣着时髦，端庄大方地挽着自己同样穿着考究的丈夫。

人们走在路上的时候会亲热地互相打招呼，同时打量对方的穿着打扮，暗暗地在心里评出胜负。除了交际应酬之外，他们还会聚在一起探讨那个"最精彩绝伦的演出节目"究竟是什么，因为今年的演出比以往任何一年都要盛大、隆重，就连马戏团的预告海报都是特大号的，这预示着这一晚即将到来的演出将会盛况空前。

预告里是这么说的，号称"鞭子之王"的吉尔什先生将会与性格最凶悍的美洲狮一同登场，狮子将会扑向吉尔什，而吉尔什除了手中的一条长鞭之外，没有任何武器。当然了，节目单上煞有其事地介绍了这条在吉尔什的操纵下，能够变成喷火长剑、变成盾牌、会发光、会发出雷鸣巨响的长鞭。除此之外，长鞭末端还有一个用于进攻的装置，因此即便猛兽当前，吉尔什也能够谈笑自若，毫不畏惧。

节目单上还说将会有奥尔索的表演，他是白人和印第安人的混血儿，被称为"美国大力士"，今年只有十六岁。他将会为大家表演肩上扛人——每边肩上扛三个人，一共扛六个。

除此之外，阿纳海姆还传出了一条让男人们为之一振的小道消息："杀熊人"格里什力·吉勒也到城里来了，为的是战胜这位年仅十六的"美国大力士"。格里什力·吉勒曾经用猎刀和斧头和灰熊搏斗，因此得名"杀熊人"。他那惊人的力量和勇气，令所有加利福尼亚人赞不绝口。阿纳海姆的男人们都因为他的到来而激动起来，他们急不可耐，想要立刻看到这场史无前例的精彩表演——"美国大力士"奥尔索和"杀熊人"之间的战斗。奥尔索的年纪虽小，却未因年龄而处于下风，此前他已战胜过许多挑战者，要知道，那些被他打败的男人，都是些超有力气的美国佬。要是"杀熊人"能够在这次竞赛中取胜，他将会成为整个加利福尼亚的骄傲，这是毫无疑问的。

而让女人们精神振奋的则是另一个节目：珍妮将会被奥尔索用一根三十米长的杆子顶起来。珍妮是何许人也？据宣传海报的说法，她是一位美得前无古人、后无来者的美人，尽管她只有十三岁。吉尔什对她的美丽充满信心，甚至提出了一个挑战：如果阿纳海姆城里有任何一位女郎的美貌能与珍妮相提并论，那么，这个女郎将会得到自己发放的一百美元奖金。

所有的贵族小姐都对这笔奖金嗤之以鼻，这也难怪，她们都是贵族女子，怎么会屈尊降贵去参与这样的一场竞赛呢？不过，虽然大家嘴上这么说，可演出开始时，她们每一个人都不可能缺席。毕竟，海报上已经大肆宣扬过珍妮的美貌，这些漂亮的贵族小姐们怎么可能不来瞧瞧她的样子呢？

不过，无论人们怎样议论，最终的结论都是：这个珍妮的容貌，一定比不上碧帕穆姐妹花。

碧帕穆姐妹是远近闻名的美人，姐姐叫作莱芙吉奥，妹妹叫作梅赛德丝。两姐妹早已乘马车来到了阿纳海姆，也看过了宣传海报，当然了，海报上的宣传语没有夺走她们镇定自若的动人笑容。不过她们也敏锐地察觉到了周围的目光都凝聚在她们二人身上，就像是把所有的希望都寄托于她们身上似的。如果那个珍妮比她们俩更加美丽动人，那这个地区，岂不是太丢人了？当然，人们虽然对此有些许顾虑，但总体而言还是对她们充满信心的，毕竟，这可是整个加利福尼亚州最美丽的两位女郎，战胜一个名不见经传的珍妮，那是毫无疑问的。

碧帕穆姐妹除了有国色天香的容貌之外，还有着姣好的身材，她们身上还有那种平民百姓所没有的高贵气质，举手投足间焕发出一种慵懒神秘的美感，令所有见到她们的小伙子怦然心动。此时此刻，她们就坐在富丽堂皇、堆满鲜花的马车上，她们的容貌比花朵更加美丽，气息比花朵更加芬芳，眼眸如同璀璨的宝石，目光如同清澈的泉水；她们看起来不仅温柔娴静、优雅迷人，那挂在嘴角的浅笑还隐隐约约地透出些许俏皮。她们那美丽却丝毫不自知的模样，令阿纳海姆城的人们为之倾倒，如痴如醉，打心眼儿里为此处能有这样的佳人而骄傲。

一家名叫《周末评论》的报刊是这么报道的：如果这个珍妮比碧帕穆姐妹还要美丽动人的话，她大约是下凡的仙子吧？

曾经欣赏过珍妮演出的人表示，她的表演的确相当精彩，当她爬上那三十米的长杆顶端，在高空中翩然起舞的时候，就如同一只轻盈的蝴蝶，技惊四座。人们被她的美貌折服，眼睛一眨也不眨地盯着她瞧，情绪也随着她的举手投足而起伏不定。

在报道的最后，《周末评论》说：事实上，无论是谁，只要看过珍妮的演出，就会牢牢地记住这个美人，永远难以忘怀。她是如此美丽脱俗，身姿轻盈，就连世界上最出色的画家也无法将她的那份美丽描绘出来。

可是，碧帕穆姐妹的众多仰慕者，在尚未一睹珍妮面目的时候，完全无法同意这样的观点，在他们的认知里，这完全是夸大其词，报纸这么写根本就是为马戏表演造势。想要知道究竟谁更加美丽，还得等到晚上的演出才见分晓。

  黄昏时分，马戏团在正式表演开始之前，会有一些热场子的活动，人们用亚麻布片将马戏场外的木棚子围了起来，让各种各样的动物在外边表演预热。大象、狮子和鹦鹉各显本事，猴子也卖力地模仿观众的动作，极尽讨好之能事。

  经理为了让观众高兴，让六匹马拉着一辆敞篷车走了出来，车夫们身穿邮差制服，车里坐着一位打扮华丽、手持橄榄枝的妇人和一头狮子。这场面既叫人心惊胆战，又逗人发笑。敞篷车后跟着一头脖子上系着铃鼓的大象，象背上则是一座塔楼，有几个弓箭手坐在塔楼里。大象后面还跟着一辆汽车，时不时发出点儿刺耳的响动来。狮子吼叫着，马戏团里的人在前面吹着号角，那些看热闹的人一点儿也不觉得嘈杂，他们欢欢喜喜地跟着马戏团的车队，尽情地大喊大叫。

  这个马戏团的车队将要绕城一周，人们开开心心地跟在车队旁，一边喊叫，一边小跑。这么一来，马戏场这边就变得冷清起来了，只有长尾猴还在无聊地翻着跟头。不过，就算人们早早地跟着马戏团的车队跑也无济于事，这并不能让他们抢先目睹"最精彩绝伦的表演"，跟着车队既不能看到吉尔什经理用长鞭斗狮子，也不能看到"美国大力士"奥尔索，更看不到在高空中翩然起舞的"空中天使"珍妮。

  之所以会出现这种情况，也是吉尔什经理的安排。他打算将最棒的节目留到晚上，这样才能够让所有的观众为之叹服。经理频频向售票口张望，想知道门票的出售情况，负责打点售票口的是他的一个黑人手下。

这个时候，奥尔索与珍妮应该正在马戏场里排练呢。我们把目光投向马戏场，这里寂静无声，周围一片昏暗，只有那圆形屋顶的缝隙里洒下了些许光线。在护墙边站着的是一匹孤独的瘦马，它因为被缰绳拴住而无法离开，只好百无聊赖地原地打转；对它来说，此刻最大的乐趣就是用尾巴驱赶苍蝇了。在马边上放着的就是奥尔索用来托举珍妮的长杆子。除此之外，地上还丢着几个圆环，那是珍妮用来跳跃的道具，此刻它们被随便地扔在地上。

黑暗中的马戏场，就像是被人抛下的老旧物件一样，了无生趣，无人问津。虽然剧场里摆放着一排排长椅子，但那些空椅子反倒更加衬托出这个地方的冷清和荒凉。死气沉沉的剧场里，一切都是那样空洞，包括那匹虽然活着却没有什么精神的瘦马。

真怪，奥尔索和珍妮究竟去了哪里呢？他们俩难道不是应该在排练吗？

2

　　灰色的亚麻布虽然遮蔽了外界的阳光，但是，偶尔还是有一些明亮的金色穿透布片的缝隙，投射到里面来。随着时间推移，夕阳西下，金色的光线也在不断地变换位置，移动到了长椅子的后排。在这里，除了光之外，还坐着奥尔索和珍妮。

　　奥尔索正坐在椅背上，对着身边的珍妮说着些什么。珍妮转过头，她美丽的脸庞依偎着奥尔索，那双荡漾着朦胧水雾的大眼睛就这么瞧着奥尔索，无处不显现出她倾听的专注程度。要是有人见着了这一幕，一定会以为这是一对爱侣。

　　珍妮身材娇小，当她坐在椅子上的时候，双脚碰不到地面，她不断地前后晃动着自己那两条包裹在淡粉色紧身裤里瘦伶伶的腿，那姿态看起来充满了孩子气。她才十三岁，的确还是个孩子，那双大眼睛里并没有似水的柔情，有的只是对世界的好奇。但是，即便她年纪还小，她的美丽也早已显露出来了。《周末评论》的报道用词并没有言过其实，即便是世界上最出色的画家来运笔,也无法描绘出她的美丽。

她那双淡蓝色的眸子中盛满了忧郁,她的肌肤雪白,眉如远山;那浓浓的眉毛无须描画,就已有非常明显的轮廓。她那一头如丝的秀发是淡金色的,当它们披散在她肩头的时候,会在她那张小巧娇俏的脸蛋上投下一点细碎的阴影,显得她格外甜美。这个世界上,没有哪一位画家画得出那阴影的妙处。

珍妮是如此美丽,她就像一位从童话故事中走出来的佳人。可是,她又是那么羞怯,时刻需要别人呵护,因此她喜爱依靠强者。对她那瘦弱的体型而言,马戏团提供的衣服总是夸张得有些不伦不类,她粉色的紧身裤外边套着一条绣花薄纱短裙,这种穿搭看起来颇为怪异。她身边的奥尔索是如此高大健壮、肌肉发达,更加衬得她轻盈美丽、圣洁动人。

奥尔索穿着紧身衣,这让他的肌肉线条看起来愈发明显。他的肩膀又宽又大,可能有珍妮肩宽的三倍或者四倍,宽得和他的身体不成比例。他的肌肉非常发达,无论是胸肌还是腹肌,都有着硬朗的线条,他那身材就像是谁仓促地用刀劈斧砍创造出来的一样。他的双腿和那肌肉发达的上半身相比,显得短短的,导致他整个人看起来身材比例非常失调。

可是,奥尔索具备的一切特征正是大力士所特有的。在漫画里,大力士的模样就是如此夸张,而奥尔索本人的样子看起来甚至比漫画人物还要夸张。可惜的是,奥尔索的长相并不俊朗,的确,他的五官还算端正,但显得非常呆滞,不像珍妮那样充满灵气,他的五官看上去好像也是在匆忙间被谁用刀劈斧砍制造的。他有一头乌黑的乱发，大概是从他的印第安母亲那里遗传的基因，这又乱又长的头发几乎遮住了他的眼睛和鼻梁，为他整个人蒙上了一层阴郁恐怖的气质，而且，他并不是一个爱笑的人，这就让他看起来更加严肃了。

要是用某种动物来形容奥尔索，人们首先想到的肯定会是某种强壮可怕的动物，例如公牛或熊。其实，就连动物都对奥尔索敬而远之。当珍妮经过马厩的时候，马儿们看上去总是兴高采烈、欢欢喜喜的，它们还会对珍妮发出友好的招呼声；可要是奥尔索经过马厩，那些马儿连大气都不敢喘一下，浑身战栗，状如筛糠。

的确，奥尔索并非什么善良之辈。他孤僻古怪，暴躁易怒，从来不是什么合群的家伙。吉尔什先生手下的黑人没有谁是喜欢他的，他太过强壮，又是混血儿，这很让他们不屑。吉尔什先生也不喜欢他，但是他对奥尔索的力量怀有畏惧感，因此提出了"要是谁能战胜奥尔索，将赢得一百美元奖金"的说法，可是至今还没有人成功赢得过这笔钱。

吉尔什先生只要一逮到机会就会揍奥尔索一顿，这并不单单是因为他不喜欢奥尔索，还有一重因素是他信奉这么一个教条：打是惩罚，不打则是奖励。在吉尔什的想法中，要是他不好好给这些孩子点儿颜色看看，他们就会骑到他头上来了。

奥尔索这个一向蛮横易怒的人就这样在恶劣的环境下，跌跌撞撞地长大了，长大后的他很有可能成长为一头凶猛暴戾的猛兽——要是没遇上了珍妮的话。珍妮改变了奥尔索。一年前，奥尔索打扫兽笼时发生了意外，兽笼里的美洲豹狂性大发，伸出利爪袭击了奥尔索，将他的脑袋抓伤了。于是奥尔索与那只猛兽打了一架,结果,美洲豹死了,奥尔索虽然留下了一条命,却也伤得很重。

奥尔索受伤后就一直病着,可吉尔什先生将所有的责任归咎于奥尔索,认为他给马戏团造成了损失,用鞭子狠狠地抽了他一顿。在奥尔索备受煎熬的那段日子里,是珍妮向他伸出了援手。除了珍妮之外,谁也不愿意照顾病重的奥尔索,这让珍妮对他颇为同情,照顾他的时候就更加尽心尽力了。她为奥尔索包扎伤口,陪伴着孤零零的奥尔索,有时得了空闲,珍妮还会坐在奥尔索身边为他朗诵,劝他向善,向他讲述爱与宽容,因此奥尔索把它叫作"善良书"。在此之前,奥尔索根本不懂得这些道理,因为马戏团里谁也没有提到过这些东西。

在珍妮朗朗的阅读声中,奥尔索听着书中的故事,陷入了沉思。他从书中学到了一个道理:要是马戏团中的人都像书里描述的那样,他绝对不会养成如今的脾气和性格,更不会像现在这样野蛮凶狠。如果真的是这样的话,奥尔索想,自己也就不会总是挨打了,说不定还能够得到别人的悉心照顾;说不定还会像那本书里说的一样,能够得到别人的爱。可是,像自己这样的人,会被谁爱呢?那些黑人是一定不会的,吉尔什先生就更不会了,唯一有可能对自己付出爱的,就只有这个天使一样可爱、仙子一样美好的小珍妮了。

奥尔索明白,自己常常忍不住这么想,是因为他也向珍妮付出了自己的爱。

当珍妮有表演的时候,奥尔索总是凝视着她;他的目光随着她的一举一动而游走,无论她是在表演骑马还是跳舞。他会主动帮珍妮收起那些跳舞时用的道具圆环，在她道谢时向她露出一个微笑。每次当他和珍妮一起表演那个高难度的节目时，他总会伴随着《死亡将会降临》的歌声，用长长的杆子将珍妮高高扛起；当珍妮在观众的惊呼声中在高空翩然舞动的时候，每个人的目光都随她而动，包括奥尔索。其实在这种时刻，奥尔索总是非常担忧，要是珍妮失足掉下来，那该怎么办呢？一旦她发生意外，整个马戏团里就再也找不到一个像"善良书"里写着的那种善良的好人了。

他总是心惊胆战地瞧着珍妮做完一整套高难度的危险动作，虽然他有着粗犷的外表，内心却很细腻，这都是因为这个小女孩而发生的转变。他小心翼翼的态度总会让表演的氛围变得更加紧张刺激，每个观众都在他的感染之下屏住了呼吸。

珍妮的演出结束之后，两人会一起鞠躬谢幕。在这个时候，他们总会被雷鸣般的掌声和赞美淹没，但奥尔索觉得这都应该归功于珍妮一个人，因此他每次都会把珍妮推到前面去，让她来接受观众的欢呼和赞美，对于他来说，只要演出过后珍妮毫发无伤地站在那里，就足够了。

奥尔索一直很孤僻，除了珍妮之外，他和谁都处不好，人缘极差。也只有在和珍妮相处的时候，他才会觉得愉快自在。马戏团里的那些人令他厌恶，甚至可以说是憎恨，尤其是经理吉尔什先生——他几乎称得上是和"善良书"所描写的那类人完全相反的存在了。所以奥尔索渴望离开这里。

奥尔索的父亲是猎手，母亲是印第安人，冒险精神铭刻在他的基因里，从未磨灭。他对于自由的热爱是天生的，正因如此，他也非常想要回到大自然之中去。以往马戏团在移动途中经过大草原或是森林，甚至是荒凉的野地时，奥尔索总会心跳不已，渴望在这些地方永远地住下来。这是流淌在他血管之中的深切渴望。他只对一个人诉说过这份渴望，那就是小珍妮。他绘声绘色地对小珍妮描述荒原人的生活方式，当然了，那只是他想象的情景，因为他并没有亲身体验过荒原生活。草原猎人来马戏团的时候，通常都是为了给马戏团提供野兽；或者与奥尔索搏斗，也就是为了那一百美元奖金，这是吉尔什先生承诺过的。

奥尔索讲得兴高采烈时，小珍妮也陷入了沉思。她一边听着奥尔索的描述，一边在心里盘算着，奥尔索想要离开马戏团，到荒漠里过日子，可是，她无论如何也不会让奥尔索孤身一人到那样的地方去的，她一定要陪在奥尔索身边，无论要吃多少苦、受多少罪，她都得跟奥尔索待在一块儿。况且，荒原生活听上去远比她以为的要有趣，不像马戏团里的生活那样枯燥重复，那样的生活一定很新鲜！啊，这样的未来，可是值得好好规划一番的呢！

此时此刻，他们二人就坐在长椅子上，讨论着他们所向往的荒原生活，这就是他们没去排练晚上要表演的节目的原因。小珍妮靠在奥尔索的肩膀上，晃荡着她的双腿，盘算着两个人在荒漠中应当如何生活，因为她对此一无所知，所以时不时会发出一些疑问："奥尔索，要是我们真能到荒漠中去，我们该住在什么地方呢？"

奥尔索胸有成竹地告诉她："这你就放心吧，那里有许多树木，只要能够弄到工具，我们随时能够自己盖房子。"

"但是盖房子是需要时间的,房子还没有盖好的时候我们该住在什么地方呀?"珍妮心里还是有些担心,继续问道。

"那儿的天气很暖和的,格里什力·吉勒告诉我,那儿一直都非常温暖。"

珍妮点了点头,笑了起来。既然气候温暖,那么她就不必担心这个问题了。但她又想到了另外一个问题:"那么,我们能不能把'狗夫人'和'猫先生'一块儿带上呢?"

"狗夫人"和"猫先生"是珍妮在马戏团中饲养的一只小狗和一只猫咪,它们是珍妮的宠物,一向很得珍妮的疼爱。

奥尔索看珍妮的确在认真考虑这个问题,心里非常高兴,使劲点了点头:"当然要把它们都带上呀!"

"啊,还有那本'善良书',我们能把它也一块儿带上吗?"珍妮又想到一件要紧事。

"那当然啦!"奥尔索毫不犹豫地回答道。

珍妮也高兴地点了点头,开始阐述她已经想好了的一些生活规划:"那么,既然这样的话,猫先生以后可以帮我们捉鸟儿;狗夫人的警惕性很好,一旦有坏家伙靠近,它就会汪汪叫着向我们示警啦。"

听了珍妮的话,奥尔索感觉自己简直是全世界最幸福的人了。

珍妮继续往下说:"这样一来,我们就再也不需要待在马戏团,不需要每天表演节目,也不需要挨吉尔什先生的揍啦。我们什么也不需要做,可以每天都待在房子里谈天说地……啊,不可以!"珍妮懊恼地拍了拍自己的脑袋:"那本'善良书'里说,人应当要劳动。这样的话,我可以每天钻那些圆环呀，我每天可以钻一两个圆环，甚至三四个！"

珍妮在马戏团里所做的全部工作就是钻圆环和舞蹈，在她那小小的脑袋里，实在是想不出什么自己可以做的事情了。她歪着头，盯着奥尔索，向他提问："奥尔索，我们真的能够一直过着这样的日子吗？"

"对！"奥尔索坚定地点了点头，"珍妮，我们会一直生活得很幸福的！"

平时总是一脸凶相的奥尔索在这一刻显得如此温和，就连他那硬朗的五官都变得柔和了。其实，奥尔索的年纪也不大，他还不太懂得该如何给一个人幸福。但是，他可以确定，全世界他最珍视的就是这个叫珍妮的小姑娘。

"珍妮，"奥尔索正色道："我有话想要对你说。"

这时候，珍妮本来想去看看那匹孤独的瘦马，可是听到奥尔索这么说，她就用两只小手托着腮，抬头看着奥尔索，准备认真聆听他接下来想要说的话。

3

可是,就在这个时候,"鞭子之王"吉尔什经理走进了马戏场。他方才在排练那个用鞭子和狮子战斗的节目时没有成功,所以这时候他的心情糟得不得了。

那头被宣称是"非洲最凶猛的猛兽"的狮子早已失去了兽性,经历了长时间的笼养和各种各样的驯化教导之后,它早就不再是当年的草原之王了。再者,这头狮子已经过于年迈,毛发都掉光了,看起来又老又秃,一丁点儿要对人发动攻击的意思都没有。无论吉尔什先生怎么鞭打,都没办法激起它的怒气,反而让它不断地往笼子里面躲闪。这种情况可不是观众希望看到的,观众要的是猛兽与"鞭子之王"的搏斗厮杀!要是到了夜里,这头狮子的状态还是如此的话,观众一定不愿意买账。

想到这件事,吉尔什经理的心情就够差了,加上售票处的那个黑人说票卖得不太好,这更是火上浇油。虽然阿纳海姆城里到处都是人,可他们都把采摘葡萄的钱拿去换酒喝了,这些囊中羞涩的家伙为了看马戏团的演出,想出了种种鬼点子,甚至想要以物换票,拿自己身上的衣服来抵票钱。这还不是最离奇的,最离奇的是有人竟然要用家里的老伴儿来抵,可惜的是他们的老伴儿都是上了年纪的老骨头了。对于吉尔什经理来说,这种情况可不妙,要是这些摘葡萄的家伙不愿意买票的话,票卖不完就是板上钉钉的事了。

祸不单行,吉尔什先生越想越生气,当他气哼哼地走进马戏场,却只看到那匹百无聊赖的瘦马时,更是火冒三丈:奥尔索和珍妮到什么地方去了?

吉尔什先生在马戏场里认认真真地找了起来,终于,他看见了依偎在一起的奥尔索和珍妮,于是他立刻抽响了手里的鞭子,大喊道:"奥尔索!"

这声大喊让沉浸在充满希望的二人世界中的奥尔索和珍妮一下子清醒过来,瞧他们那惊恐万状的样子,就好像是有雷声在耳边炸响一样。

奥尔索立马从长椅上跳下来,朝吉尔什先生所在的位置飞奔过去,胆怯的珍妮跌跌撞撞地跟在他身后,两人一前一后地来到了护墙边。

只见吉尔什先生手里握着鞭子,怒冲冲地吼了起来:"走近一点儿!"

奥尔索不得不往前走了一些,他看着经理,发现他眼中燃烧着熊熊怒火;经理看着奥尔索的模样,就像是看一头自己驯养的野兽一样,此时此刻,他觉得自己就是驯兽师,手持鞭子走进了一个兽笼,他想结结实实地给奥尔索一顿鞭打，又得提防奥尔索的反击！

终于，怒火战胜了吉尔什先生的理智，他气得颤抖起来。"现在都什么时候了，你们竟然还在那儿玩闹！是不是活腻了？"他一边说，一边抽打奥尔索，一鞭！两鞭！三鞭！

他打得那么使劲儿，导致奥尔索的身上、脖子上留下了很多伤痕，这么一来，奥尔索夜里演出前，还得先想办法将身上的伤口遮住。

"懒东西！"吉尔什先生边打边骂，"养着你一点儿用也没有！还不如养狗！"

但是，经理每落下一鞭，奥尔索就向前进一步，经理只得向后退一步。渐渐地，也不知鞭打了几下，经理已经退到了马戏场的门口。他就像一个在驯兽的驯兽师，既要让那猛兽得到教训，又不能把它逼得太紧，毕竟，夜里的演出还需要奥尔索撑场面。于是，他狠狠地瞪了两人一眼，又盯着珍妮说："还不赶快给我练习去！今天这事我是不会就这么让你们糊弄过去的！你也给我好好记住这点！"

话音未落，珍妮就跳上了马背，她的舞蹈表演是要依赖这匹马儿进行的。吉尔什先生走了，珍妮则在马戏场里骑着马狂奔起来，口里还不断地吆喝着："驾，驾！"

马儿越跑越快了，蹄声如擂鼓声一样在马戏场里回响着。珍妮在马背上站起身，用脚尖支撑着自己的身体，双臂不停地舞动着，以此来维持自身的平衡。她就这样站在马身上，保持着优雅的仪态，挥动手臂，长发飞扬，裙子飘舞，就像一只轻盈的彩蝶，又像一只飞翔的鸟雀。

"驾，驾！呜，呜呜……"珍妮口中仍在吆喝着，指挥马儿奔跑，可是，她却情不自禁地哭出了声，豆大的泪珠从她的双眼中涌出来，模糊了她的视线。马儿疾速奔跑，开始绕圈，可珍妮看不清眼前的景物，只觉得一阵天旋地转，腿上一软，整个人摇晃起来。她晃了一下，两下，终于，从马上摔了下来。

当然了，珍妮并没有摔倒在地上，奥尔索稳稳当当地把她接住了。

珍妮的泪水在看见奥尔索的那一刻脱闸而出，她大声地哭了起来，高声叫道："天呀，奥尔索！可怜的奥尔索啊！你浑身都伤痕累累的！"

奥尔索赶紧安抚珍妮："没事的，珍妮，你别哭，我并不觉得疼，没有关系的，这真的没有多疼。"可是，珍妮哭得更凄切了，她本想说些安慰奥尔索的话，一张口却只能说出奥尔索的名字来："啊，奥尔索！奥尔索！奥尔索……"

珍妮心里非常清楚，要是自己挨了揍的话，她绝不会哭得如此失态，可是只要看到奥尔索血迹斑斑的伤口，她就哭得怎么也停不下来。

珍妮是如此伤心，这反应反倒让奥尔索有些欣喜，他忘却了一切肉体上的疼痛，劝慰道："珍妮，你别哭了……"他微微颤抖着，做了个深呼吸，以一种平静的语气对珍妮说："有你在我身边，我就觉得很好了，我一点儿也不觉得疼，珍妮，珍妮呀！"

此时此刻，吉尔什先生正在外面四处转悠，他想来想去，还是咽不下这口气。虽然他已经让奥尔索吃足了苦头，可是还有珍妮呢！他似乎是受了什么刺激，非得把珍妮也收拾一顿不可，于是，他在马厩里大声地喊了起来："珍妮！"

珍妮听见了吉尔什先生的叫声，立刻将奥尔索推开，往马厩方向跑去。奥尔索怔怔地瞧着珍妮逐渐远去的背影，眼神失落而怅然，他走到长椅子边坐下来，调整着自己的呼吸。

珍妮跑进了伸手不见五指的马厩，她尚未看见吉尔什经理，就急急忙忙地说着："先生，我来了！我已经到这儿了！"

"走！"只听一声呼喝，一双手从黑暗之中伸了出来，抓住了珍妮的手腕，将她拖进了演员化妆室。

珍妮吓得浑身哆嗦，要是吉尔什经理大声地咒骂她，反倒不怎么令她害怕，可是现在她并不知道经理打算如何处置自己。"吉尔什先生，您是最仁慈的！求求您了，我以后再也不敢了！"

但是吉尔什对她的话充耳不闻，直接将她拉进存放衣服的服装室，从里面锁上了门。

珍妮被吓哭了，她哭着求饶："对不起，先生，真的很对不起！"

吉尔什先生已经从墙上取下了马鞭，珍妮一下子吓得跪倒在地，抱住了他的腿，一边颤抖着，一边不停地求饶。珍妮惊恐万分，可是她的恐惧和恳求却让吉尔什先生更加生气，他一把抓住了珍妮，开始疯狂地毒打她。

珍妮哭喊起来，她不再求饶，而是大声地呼唤着奥尔索："奥尔索！奥尔索！你在什么地方，奥尔索？"

就在这时候，那扇被反锁的门晃动起来，外面有人在试图破门而入。顷刻之间，门"轰"的一声倒在了地上，奥尔索从门外走了进来，横眉怒目，杀气腾腾。他低头看着珍妮，攥着拳头，浑身上下都燃烧着怒火。

"你……"这样的奥尔索让吉尔什经理也害怕了起来,但他还是鼓起勇气,虚张声势地命令奥尔索:"给我滚出去!"

一直都很服从经理命令的奥尔索,这一刻却没有听话离开,而是一步步走近了吉尔什先生,他一边走,还一边活动着筋骨。

吉尔什虽然暴戾,但他也清楚奥尔索的能耐,于是他赶紧朝外面叫嚷起来:"救命啊!快来人!快来帮帮我!"

在他的叫喊之下,外边冲进来四个黑人,一个比一个强壮。他们看着眼前的场景,一下子就明白了究竟是怎么一回事。于是,他们四人一齐冲向奥尔索,与他缠斗在一起。

吉尔什经理站在旁边,心惊胆战地瞧着他们搏斗,在很长一段时间里,他都只能够看到一堆黑色的肉体纠缠在一起,甚至没法子分清谁是谁。他们时而缠斗,时而分开,时而扭打,渐渐地,有人挂彩了,开始呼痛和呻吟,喘起了粗气。

不过,胜负还是很快就分出来了,一个黑人直接被扔出了打斗圈,恰好落在吉尔什先生身旁。他的脑袋重重地砸在地板上,发出了一声巨响。吉尔什先生发起抖来,就在这时,又有一个黑人飞了出来,剩余的两人则直接被奥尔索打倒在地。

奥尔索浑身是伤,血肉模糊地站了起来。他的头发变得乱七八糟,到处都在流血,他踹了踹那两个昏过去的黑人,就朝着吉尔什先生走了过去。

吉尔什看着缓缓向自己走来的奥尔索,绝望地闭上了双眼。他知道，奥尔索一定不会就这么轻易地放过他，恐惧流淌在他体内的每一根血管之中。

奥尔索拎起吉尔什先生，在空中抡了几圈之后，狠狠地将他扔向了门所在的位置。吉尔什先生还没来得及说一个字，就被摔在了那扇被撞坏的门板上，狼狈地跌倒在地。奥尔索看也不看他一眼，只是擦了擦脸上的汗，向珍妮伸出了手："跟我一起离开吧。"

珍妮抬起头，看着奥尔索宽厚的大掌，毫不犹豫地握住他的手，与他一起走了出去。

4

马戏团的车队仍旧在城里游行，全城的人几乎都跟在车边欢呼雀跃，又笑又闹，所以马戏场这儿一个人都没有，只有鹦鹉在喋喋不休。奥尔索牵着珍妮的手，两人共同朝着一个方向前进，做好了离开这座小城的准备。

他们走过一条条长街，看到远处有一片长满了仙人掌的荒野，于是，他们就向着那儿走去。他们经过了一排排房屋，经过了繁华的市中心，经过了城里的屠宰场。屠宰场边上的黑色椋鸟向他们展开了红色的羽翼。他们继续向前走，走过一片橙子林之后，终于到达了那片荒野。

他们所在的位置是荒野的边缘，往里走还有更多更高的仙人掌。长满了刺的仙人掌上还有浓密的叶片，挡住了他们的去路。对于这两个半大孩子而言，这里简直就是一片高高的仙人掌森林！珍妮的衣服都被仙人掌给钩破了，但是，他们还是努力地穿越了重重阻碍，向前行进。在奥尔索和珍妮的脑子里，只有一个想法：逃出去，逃得离这座小城远远的，逃得离马戏团和吉尔什远远的。

置身于仙人掌森林中虽然举步维艰，但也让他们觉得很安全，因为这样便没有人会发现他们的踪影。奥尔索和珍妮一会儿向东，一会儿向西，也不知走了多长时间，才看到了遥远的地平线和一座矗立于地平线上的深蓝色山脉。

依靠从其他猎人那儿听来的知识，奥尔索知道这是圣安娜山，于是两人往圣安娜山的方向走去。天色已经渐渐暗下来了，但荒野中依然酷热，他们脚下的土地因干燥而龟裂，呈现出一道道网状的裂缝，就连仙人掌的叶片也因为缺水而无精打采地垂了下来。奥尔索和珍妮一言不发，只顾着朝前走。虽然他们都觉得热得要命，却一点儿都不觉得疲惫，因为这里的景色与马戏团中完全不一样，对他们而言，一切都是那么新奇、那么新鲜，就连呼吸到的空气都充满了自由的味道。这里的任何事物都能让珍妮好奇不已："奥尔索，这个地方就是你所说的荒野吗？"

这里虽然被称为荒野，却比珍妮想象中的要热闹，并不是一片荒芜。除了仙人掌之外，这里还有许多小动物，它们咕咕、吱吱、叽叽的叫声传入了珍妮耳中，虽然珍妮没法分清这些声音分别来自什么动物，但她还是非常高兴。除此之外，那些在地上奔跑的长腿鸟和在空中飞翔的鸟儿也让她充满惊喜。胆小的松鼠和野兔听到了二人的脚步声，吓得四散奔逃，有些甚至钻进了土地上的裂缝，躲到地下去了。它们以为这是猎手来了。胆子较大的黄鼠狼则站在自己的洞穴前，警惕地瞧着这两个从未见过的陌生人。

奥尔索出于对珍妮的担心,决定在这里休息片刻。他观察到小动物在取食仙人掌的果实,就去摘了一些,跟珍妮分着尝了尝,这果子味道酸甜,水分充足,吃下去之后,暂时缓解了他们的饥渴。缓过劲儿来之后,两人继续赶路。仙人掌丛越来越高了,他们脚下的路开始通往一处山坡,走上山坡之后,两人回头看去,发觉阿纳海姆城已经变成一片模糊的轮廓,更别提那小小的马戏团了。

可是,两人还是觉得逃得不够远。他们想,一定要逃到圣安娜山上去才算是真正逃离。于是,奥尔索和珍妮就这么牵着手向远处连绵的群山走去。就这么走着、走着,两人脚下的地形和植物都渐渐变了样子,除了仙人掌之外,有了更多的灌木丛和其他植物,甚至有成片的小树林,这表明他们已经离荒野很远了。的确,他们已经来到了山脚下的丛林之中。奥尔索体内印第安人的本能,让他模模糊糊地预感到,他们必须提防丛林中的种种危险,于是,他折下一根树枝当成棍子,用来防御。对于奥尔索这样强壮的人来说,一根棍子也能够发挥巨大的威力。现在,天已经快黑了,夕阳几乎完全落下,灿烂、瑰丽的火烧云如同一片明亮的火光,挂在遥远的天边。奥尔索心里很清楚,到了夜里,山里会变得比现在更加危险,所以,他必须保护好珍妮,也保护好自己。

珍妮已经很疲惫了,她困得不得了,但还是强打精神,用最后的一点儿力气往山里走去。虽然她并不太清楚为什么非得这么奔波不可,但她清楚一点:她要从马戏团逃出去,从吉尔什那里逃出去,和奥尔索在一起。

两人终于来到了山脚。山脚下有一条清澈见底的溪流，两人饱饱地喝了一通，但他们并没有在这里多做停留，而是继续向前走去。可是，他们越是往山里走，岩石就越高。待他们走进山中峡谷的时候，天色已经完全黑下来了。就在这寂静而阴森的黑暗之中，他们听到了各种各样的响动，包括美洲豹和狼的嘶吼，一切声响都因黑暗而显得更加恐怖。

奥尔索担忧地皱起眉头，问："珍妮，你会不会觉得害怕？"

"不，我不怕！"珍妮鼓起勇气说。

可是，珍妮太疲惫了，她最后那一点儿力气早就用完了。于是奥尔索把她抱起来，一手握紧棍子，一刻不停地前进。珍妮就这么依偎在奥尔索的怀中沉沉睡去，而奥尔索则在一片黑暗中寻找着猎人的踪影或是村落的痕迹，因为两个人单独在夜晚的森林中行走，实在是危险至极。奥尔索也累了，虽然珍妮身轻如燕，但他一直抱着她，还要腾出手去握紧棍子，胳膊早就开始感到酸痛了。有许多次，奥尔索看见了黑暗中闪闪发光的眼睛，他明白那是属于野兽的贪婪目光，自己必须加以提防。

奥尔索就这么走着，走着，他知道自己再累再倦也不能在这个地方长时间停留，所以每次只是短暂地歇口气儿就继续前行，直到一阵钟声传来。奥尔索从猎手那里听说过这种钟声，他们告诉他，当山上有一些圈地者独自居住的时候，他们会饲养牛羊，并用钟声来召唤自己的牲口。要是确实是这么一回事的话，就表示附近有人居住！奥尔索精神一振，向钟声传来的方向跑了过去。

钟声愈发响亮，愈发清晰，奥尔索甚至还听见了几声犬吠，他明白自己已经来到了某个圈地者的居住范围内，他想，终于得救了，马上就会见到人了！

的确，奥尔索见到了一个人，还有他的狗和一堆篝火，他暗暗盼望这个人是"善良书"里描写的那种，愿意帮助别人、对别人心怀关爱的人。于是，奥尔索把珍妮唤醒："醒醒吧，珍妮，我们有东西吃啦。"

珍妮从睡梦中惊醒，还有些弄不清楚状况，她迷迷糊糊地问："这是什么地方啊？"

奥尔索耐心地回答："荒野。"

珍妮一下子清醒了过来："那儿有火光呀，是什么人呢？"

"是在这里居住的人啊。我们去向那个人讨些食物来吃吧。"

奥尔索已经饿得有些难受了。于是，两人走近了篝火，那只被拴在树上的狗警惕地叫了起来，篝火旁坐着的那位老者听见犬吠，向黑暗中的他们转过身子："是什么人？"

珍妮小心翼翼地走上前去，回答道："我们是……人，您能否给我们一些食物呢？我们已经饿极了。"

老者说："到这儿来。"

奥尔索和珍妮走了过去。老者一开始看到他们的时候，显然被吓了一跳，毕竟在这荒僻的圣安娜山上从未有过像他们俩这样的人出现，珍妮美丽纯洁得就像童话故事中描写的公主，即便是马戏团滑稽的戏服也丝毫没有减损她的动人风采。而奥尔索呢，他虽然个子不高，满头大汗，却强壮得让人意外。老者惊讶极了，目不转睛地瞧着珍妮和她身后的奥尔索。

"你们是什么人？是从什么地方来的？"老者皱起眉头，警惕地问。

珍妮很清楚，奥尔索是不善言辞的，于是她回答了老者的疑问："先生，我们是从一个马戏团来的，您瞧我这一身衣服就明白了。我们的经理吉尔什先生狠狠地鞭打了奥尔索一顿，又要来修理我，奥尔索为了保护我，跟他起了冲突。于是，我们俩为了能够活下来，往这儿拼命地逃，此刻，我们是又饥又渴。先生，我们见到您的时候，就觉得是见到了救星，所以想要向您讨一些食物。"

老者听完珍妮的话，神色缓和了不少，他目光慈祥，怜惜地望着美丽的珍妮，问："你叫什么名字呢？"在他眼里，珍妮就如同自己的孩子一样惹人疼爱。

"我的名字叫作珍妮。"

老者笑了。"到这儿来吧，珍妮，你也是，奥尔索。我已经在这里生活了很长时间，终日与动物相伴，几乎看不到什么人，你们到我身边来吧。"珍妮愉快地跑过去，满心欢喜地搂住了那位老者，心想，他一定就是"善良书"上描写的那种大善人。

但是珍妮还是隐隐有些担忧。"要是吉尔什先生到这儿来，找到了我们该怎么办呢？"

"要是他敢来，我会把他打得屁滚尿流地离开！"老者说着，笑了起来，"你们一定饿了吧？想不想吃点儿东西？"

奥尔索和珍妮不约而同地点了点头。于是，老者将篝火旁的草木灰扒开，从里面拿出一大块烤熟了的肉，分给两个孩子。那是一块鲜美肥嫩的鹿腿肉，滋味无穷，饿坏了的珍妮和奥尔索狼吞虎咽地吃了起来，感到爽快极了。

  这一刻，皎洁的圆月高高地悬挂在空中，丛林中鸟雀啁啾，篝火噼啪作响，老者呢，就坐在一旁默默地瞧着两人大快朵颐。不知不觉中，他的眼眶红了，也不知道是为什么，或许是因为他也曾经身为人父吧。他在荒野中孤独地生活了很长时间，已经很久没有和人打过交道了，奥尔索和珍妮的到来，让他觉得格外亲切，也格外温暖。

  从那以后，奥尔索和珍妮就与老者生活在了一起，他们三人在这荒野之中享受着平静的生活，再也没有被任何人打扰。

高原

R 队长的故事

我有一个故事想要说给你们听听,这个故事,是发生在 R 队长身上的。

那时候,我和 R 队长本来是一起到山区去探望亲戚的,可是亲戚当时外出未归,我俩就在他居住的那个峡谷里待了大约有四五天的时间。当时,陪着我们的是亲戚家的一位老仆,他是个印第安人,在亲戚外出时负责照料山羊群和养蜂场。

白天,我把自己的大部分时间都荒废在呼呼大睡上;而到了夜里,我就和 R 队长一起坐在篝火旁谈天说地。夜空中繁星璀璨,如同无数闪耀的水晶被镶嵌在一块黑色的天鹅绒上。R 队长仰望着星空,以他那沧桑而略带忧伤的声音,缓缓地向我叙述着他的故事。这些惊险刺激的故事是他真实地经历过的往事,发生在数年前的美洲荒原之上,每一个情节都让我听得如痴如醉,心生向往。

现在,我要开始讲这个故事了。为了让故事保持原汁原味,我将站在 R 队长的角度,以第一人称叙述给你们听。

1

那个时候，我并不是什么队长。

我到达美国的时候，是1849年的九月份，那个时候我在一个种植园里工作，薪水虽然很高，但工作却很单调，年轻的我并不喜欢千篇一律的生活，这对于我来说实在是太无趣了。所以，我辞了职，离开了种植园，开始在森林和草原上讨生活。我和我的伙伴们在一起，打猎、捕鱼、砍伐木材，我们去过真正的蛮荒之地，体验过各式各样惊心动魄的时刻，无论是和印第安人战斗，还是和土匪厮杀……这一切使我变成了一个身强体壮、经验老到的男人。我对于草原的了解，甚至比那些常年生活在野外的印第安人更丰富。

当时有人在加利福尼亚州发现了金矿，掀起了淘金热，于是人们纷纷涌向加州。有一批移民跑来找我，向我表达了想要到加州去的愿望。他们知道我具有丰富的探险和野外生活经验，希望我能够作为向导，把他们带往加州。当时，我自己也有到加州去的意向，我一向热爱探险生活，热爱那些遥远的未知之地。所以我答应了他们的请求，从那个时候起，我就成了他们口中的"队长"。

当时，交通情况可以说是糟糕透啦，既没有铁路，又没有公路，路上全是一片荒芜，就连如今繁华热闹的芝加哥城，当时也只不过是一个名不见经传的小渔村而已。我心里很清楚，这一带有诸多危险，到处都是荒郊野岭，路上还有许多印第安部落。除此以外，我们还很有可能因为气候原因，染上许多可怕的疾病。

我们开始准备出行所需的种种物品，从枪支弹药到食物、马匹，等等。待我们准备就绪的时候，冬天已经快要过完了，于是我们在春日里启程出发。我考虑到在炎热的夏季里穿过高山草原地带，人们可能会因为天气原因而患病，因此亲自策划了新的路线，这条路线避开了高山，但是途中会经过许多印第安部落。虽然，印第安人具有危险性，但是这样一来，天气对我们造成的不良影响会变小许多。

这条路线的规划遭到了一些人的反对，但是我还是坚持我的想法。对于队伍中的一部分人都知道，我"大个子拉尔夫"的称号可不是白来的，因此他们最终决定信任我的计划。

作为队长，我要协调许多事情，既要制定队伍规则，又要保护队员安全。白日里，车队前进的时候，我会让大家轮流休息；到了夜里，再挑选身强力壮的男性做守夜人。

一开始，大家执行得还不错，但是渐渐地，有人开始对守夜这件事情不耐烦了。白日里，大家都在赶路，累得要死要活，因此，夜里谁也不愿意干守夜这件苦差事。大家为了这件事情争执起来，开始闹

事。而我呢，对付这些美国佬的法子，谁也没有我清楚，非得用拳头说话，他们才能听得进去。在我的拳头底下讨不到好处之后，这些人再也不敢随心所欲地打架闹事了。队长本来就该起到这样的作用！车队里的人们开始对我产生了崇拜之心，尤其是一位名叫丽莉安的年轻女子。

丽莉安来自波士顿，她个性温柔，柔弱娇嫩得像是一朵小花。她的眸子是清亮的天蓝色，拥有一头美丽的金发，虽然她既年轻，又美丽，可是不知为何，她动人的眉宇之间总带着一丝淡淡的忧郁。一开始，我非常好奇，一位年轻的姑娘怎么会具有如此忧伤的气质，可是由于队长的工作实在是太繁忙了，我也无暇关注这位姑娘，每天见面的时候，能做的也只不过是简单地向她点点头表示问候。

但是，丽莉安的倩影一直留在我的心里。毕竟，谁能够忘记整个车队里最年轻、美丽的女子呢？而且，我还注意到，她在这车队里没有任何亲人，完全是孑然一身，这让我总是忍不住想要照料她。我知道她身体羸弱，因此给她安排了一辆搭乘起来最舒适的大篷车，还亲自给她把座位铺得舒舒服服的。

除此之外，我还给了她一张用于保暖的水牛皮，原本这是为我自己准备的。虽然我心里觉得，这些只不过是举手之劳，但丽莉安把一切都看在眼里，记在心上，对我感激万分。那两位和她同乘一车的大婶也对她非常喜爱，她们还给她取了一个绰号，叫作"小鸟儿"。

这个绰号很快就在车队里传开了，不久之后，大家都开始管她叫"小鸟儿"，她的本名丽莉安反而渐渐不被人们提及了。

我注意到小鸟儿那双澄澈的蓝眼睛总是在盯着我瞧，不管我在做什么事情，总能感受到她炙热的、追随着我的目光。我估摸着，小鸟儿对我或许是有些许好感，这我完全可以理解——毕竟我是这个车队里唯一的懂得上流社会礼节的男人，而且，平心而论，我也的确很照顾她。丽莉安是一个温柔美貌、教养很好的女孩子，能有这样一位姑娘对我心生爱慕，的确也大大满足了我的虚荣心。

就因为这样的一份虚荣心，我开始留意起丽莉安的一举一动，而且我也逐渐发现，她的确是一位温柔的好姑娘，她似乎具有一种特殊的能力，能够让她身边的人也变得温和起来。这个发现让我颇为懊恼，我居然差点儿错过这样一位美丽善良的女子！于是，我开始骑着马到她的大篷车附近转悠，当然是特地这么做的——我从车队的最前边跑到最后边，只为了看一眼丽莉安那张美丽的面庞，看一眼她那双澄澈的眸子。

丽莉安深深地吸引着我，但是那个时候，我还没有真正爱上她。我只是觉得，在这段枯燥无味、艰苦卓绝的旅程之中，有这样一位美人对我芳心暗许，是多么令人高兴的事情，这让我内心平静了很多，不再孤独得难以忍受。从前，我看到车队里的人散漫随意，就会火冒三丈；可如今，我却感到一种甜蜜的喜悦，就像是我正在带着他们前往伊甸园一样。

我一直没有找到什么恰当的时机去接近丽莉安，只有在我们偶然间四目相接的时候，我知道，我们之间的吸引是相互的。丽莉安总是和那些女人们在一起，所以我从来没有直接对她说过什么，但是我有时候会跑到她们的大篷车上去，假装关心那两位大婶的身体状况。每当这种时刻，丽莉安总是坐在一旁，一句话也不说，但是她会用那双美丽的蓝眼睛关切地凝视着我，使我醺然欲醉。

但是，不消多长时间，我就又陷入了对丽莉安的思念之中。夜里，当我精疲力竭地躺在自己的大篷车上辗转难眠的时候，就连周围蚊子的嗡嗡声听起来也变成了一声声的呼唤，每一声都在说着："丽莉安，丽莉安，丽莉安！"就连我的梦里，也充满了丽莉安的身影。

但是，为丽莉安而神魂颠倒的并不只有我一个人。和她同乘一辆大篷车的两位大婶把她当成自己的女儿一样疼爱、照顾，男人们则像是一群嗡嗡叫的蜜蜂围着花朵转悠一样围绕着她。在他们之中，一个叫作亨利·辛普森的小伙子最为殷勤，他来自得克萨斯州，年轻莽撞，大胆自负，曾经被我收拾过两次。这个自负的家伙在丽莉安面前颇为谦和温柔，经常对丽莉安说："希望你能够原谅我，美丽的女士。"

他对丽莉安的关照真可以说是无微不至，一有时间，他就会到丽莉安身边大献殷勤，将最好的食物留给她，帮她生篝火、铺座位。做这一切的时候，亨利总是谨慎而细心，表现得十分羞涩。我能够理解他为什么会有羞涩的情绪，可也正因为理解，我对他产生了一种无名的怒火。

但是，我也只能把这种怒火默默地藏在心里。亨利不必巡逻的时候，当然可以一直待在丽莉安身边，体贴细心地呵护着她；而我呢，作为队长，我必须照料车队，必须指挥卸货，必须照看牲口，必须观测地形，必须挑选下一个过夜的地点……我永远都有忙不完的事儿，永远都有操不完的心。这也就意味着，我几乎没有时间休息，也没有办法像亨利那样时常陪伴在丽莉安身边。可是，这就是我作为队长所应当承担的责任，我要在这段充满艰难险阻的旅程中，将大家平安地带到目的地，因为我是他们的队长，必须为他们的安全负责。想到这一点，我心中就充满了自豪。

2

渡过密西西比河之后,我们就在希达河畔过夜。希达河边上生长着成片的木棉,正好作为我们点燃篝火的原料。在木棉林中砍了些树枝回来以后,我瞧着天色尚早,便骑马在草原上到处走走,顺便计划明天的行程。

已经快要入夏了,这里的白天变得特别漫长,也特别温暖。在令人心旷神怡的和风中,我看见了丽莉安,她竟然自己一个人待在这里!我暗自欢呼雀跃,连忙上前向她问好。我的心紧张得怦怦直跳,因为我一直没有什么机会与她独处。不过,我还是故作镇静地询问:"丽莉安小姐,您一个弱女子,为什么会只身一人加入我们这个队伍呢?这段旅程,即便是对于一个健壮的男人来说,都有些吃不消,您又是为什么呢?当时我以为您是阿丝金斯大婶的女儿,所以并没有多加阻拦;要是我晓得您其实是只身前往,我是一定不会同意的。"

我叹了口气,接着往下说:"不过,到了现在这种情况,也不可能要您回去了。但是，我对您十分担心，接下来的路途将会变得越来越艰难，您的身体看起来又如此羸弱，您真的能够坚持下去吗？"

"先生！"丽莉安认真地盯着我，那双美丽的蓝眸里写满了忧郁，"这段旅程的艰辛，我早就做好了心理准备，我也知道这对我来说会有多辛苦；但是，我是非去加利福尼亚州不可的，您说不会要我回去，对我来说，这已经是天大的恩典了。我的父亲从加利福尼亚给我寄来了一封信，信上说，他身患疟疾，已经长达好几个月了。如今，他正在被病魔折磨，过着水深火热的日子。他是为了我才到加利福尼亚去的，现在他生了重病，被病痛折磨得那么厉害，我怎么能不去照看他、安慰他呢？要知道，过去一向是我在照顾他的。"

丽莉安的话语，让我顿时明白了，为什么她的眉宇间总是带着淡淡的忧伤。我安慰了她，询问了她父亲的境况。原来，他父亲曾经是波士顿高级法院的法官，破产之后，听说了加利福尼亚有金矿的事情，就和其他人结伴去了那里，他认为只有自己重新变得富有之后，才能让女儿过上舒适的生活。但是，他到了那儿之后，便患上了疟疾。这个不幸的人寄给丽莉安的信上所写的内容，并不是希望丽莉安到加利福尼亚去看望他，而是说自己大概不久于人世了，所以向丽莉安交代了自己的遗言，以及对她深切的祝福。

丽莉安这个孝顺的姑娘接到信后，便决定将自己的财物都清点好，到加利福尼亚去找她父亲。她与阿丝金斯大婶熟识，从她口中得知了关于"大个子拉尔夫"的光辉事迹，便决定由她引荐，加入我的队伍。换句话说，丽莉安选择走上这条路，在很大程度上是受到了我的影响。

我甚至能够猜到，人们在对她叙述我的故事时，一定加油添醋地把我描绘成了一个伟大的勇士、高尚的骑士，所以她才会毫不犹豫地选择我作为旅途的向导，选择相信我。

听完丽莉安的遭遇后，我心里百感交集，既激动，又感慨。于是我安慰起丽莉安来："你是一位孝顺的姑娘，也是一个善良的女孩，你的父亲一定会安然度过这次危机的！还有，我对你许下承诺，只要我还有一口气在，就一定会照顾你、守护你，我相信上帝也一定会关照你和你的父亲，保佑你们平安无事！"

"真是不知道该如何感谢你，队长！"丽莉安眼中闪烁着晶莹的泪花。

这段对话拉近了我们之间的距离。我们继续聊天，边聊边往前走，看着她的时候，我的心跳都开始加快了。当我们说起队伍中的其他人时，丽莉安愉快地说："每一个人都是那样好心地关照我，和我同车的两位大婶都把我当作自己的女儿一样疼爱。啊，对了，还有亨利·辛普森，他可真是一位热心肠的好人！"

丽莉安提起亨利的时候，我的心就像是被一把大锤重重地敲击过一样难受，这一点，她一定完全没有料到。我的面色一下子阴沉下来，语调也变得冷漠讥诮。"亨利可是负责赶骡子和照料大篷车的。"

她没有注意到我的异常，继续自言自语地说着："亨利真是一个好人，我会永远感激他对我的好。"

永远？

丽莉安的话语深深地刺痛了我的心，我怒气冲冲地说："没错，小姐！您想要用自己的一生去感激他，不如马上就答应他的求婚啊！反正，他对您也爱慕已久了！但是您把这些话告诉我，又能管什么用呢？"

丽莉安一下子住了口，她怔怔地望着我，目光疑惑。

方才那种轻松愉快的氛围一下子烟消云散了，我们俩面面相觑，都感到十分尴尬。我一言不发，继续向前走去，心里却对自己的口不择言感到万分懊丧，但是，我的理智早已被妒忌蚕食殆尽，因此我不愿意低下头去道歉，或者向她服软。最终我生硬地对她说："晚安了，小姐。"

丽莉安也立刻回答："晚安。"说完，她就转过身去了。我心里清楚，她一定是哭了，又不想让我看到她落泪的模样。

我上了马，独自走了一会儿，但是丽莉安落泪的样子一直浮现在我的脑海中。终于，我还是掉头过去，追上了她。"丽莉安小姐，您为什么要哭呢？"

"啊……先生！"丽莉安见我来了，哭得愈发难过，"我很清楚，您是上流社会出身的人物，您对我一向那么仁慈……"她哽咽着，无法再说下去。

这下子，我才明白了。我方才的话刺伤了她脆弱的心灵，她认为我是瞧不起她的身份，觉得她妄图高攀；可事实上，我只是一时被妒火冲昏了头脑才会那样大吼大叫，根本不是因为什么贵族特有的优越心理！我急忙向她道歉："丽莉安小姐，丽莉安！实在是对不起！我并不是您以为的那个意思。我心里是在意您的，否则，我也不会这么介意您对亨利有什么样的看法,无论如何,希望您能够原谅我。"

丽莉安止住了哭泣,望向我。虽然她脸上泪痕犹在,但是显然她已经不再难过,也不再生气了。我看到她露出淡淡的笑容,那双蓝眸又恢复了往日的清澈,这才放下心来。于是我们继续散步,气氛又重新变得融洽而快乐了。

回到营地的时候,大家正因为今天的天气实在是好得出奇,打算办一个露天派对。大家清理出了一块空地,点燃篝火,开起派对来;黑人们吹奏着乐曲,亨利跳起了爱尔兰民族舞蹈,许多人在他的感染下也跳了起来,渐渐地,他们所在的区域变了一个露天的舞池。没有乐器也不会跳舞的人呢,就围在一起拍着手、跺着脚,或者敲着什么东西来打拍子;人们载歌载舞,尽情狂欢,而我和丽莉安呢,就站在一旁看着他们。我让他们尽情畅饮,他们却说我是车队的队长,非得发言不可。

于是,我无奈地爬到大篷车上,坐在赶车人的位置,看着下面的人群。篝火将他们快乐而充满生气的脸庞照得明亮而清晰,这令我心里立刻涌上一阵暖流:"当我就这样在这里看着你们的时候,我深深地感觉到,我们不单单是一个团队,更是一个大家庭、一个大家族。在这里,我们的命运彼此相连,我们的悲欢彼此相通;在这片荒漠之中,我们携手共进、彼此照料、相亲相爱,我们是真正的兄弟,真正的家人。在这次旅途开始之前,我们只是陌生人;但到了今天,我们已经成为最亲密的战友、最信任的伙伴!"

"队长说得真好啊!"

"说得真是太棒了,真不愧是大个子拉尔夫呀!"

大家为我的发言而欢呼,我看着每一个人的脸,心中涌动着一种热切的激情,尤其是当我看见丽莉安也在鼓掌欢呼的时候,这种激情更是达到了顶峰。我一下子提高了声音:"要是有谁敢挡住我们的去路,我就用拳头揍扁他!我将会把你们每一个人带到目的地去,否则,就让上帝砍下我的右手!"

那天晚上,我们纵情狂欢。周围的大草原早已陷入沉睡,而我们却还在喧闹嬉戏。

在派对接近尾声的时候,我们一起合唱了赞美诗。丽莉安就在我的旁边,她在唱赞美诗的时候,神色庄严肃穆,长发随风飘舞;她举起手,向着星空许愿。我看着她,觉得她就是一个降临人间的天使,想要对着她祈祷。

那天晚上,蚊子依旧在我耳边呼唤着丽莉安的名字。我循着那声音往丽莉安所在的那辆大篷车望去,心里想,在这个世界上,我心中最爱的人,就在那辆车里啊。

3

那天之后,我就经常在考虑,该找个什么理由去见丽莉安一面,单独和她谈一谈。

就在我绞尽脑汁的时候,和她同车的那位阿丝金斯大婶跑来找我,说丽莉安似乎身体不太舒服,大约是因为大篷车里太闷了,她很心疼丽莉安这孩子,想问问我有没有办法,让她出去活动一下。我心里高兴极了,提议让她在身体允许的时候在车队边骑马前行,这样一来,既能让她通风透气,又不会耽误行程。亨利·辛普森专程为她准备了一副适合女性的鞍具。尽管这个时候草原上并不是特别危险,我还是吩咐丽莉安不要跑得离车队太远。

说实话,我这样安排,的确有自己的私心。我想,丽莉安要是骑马前进的话,我们就会有更多独处的机会,增进对彼此的好感。第一次看到丽莉安骑着马向我奔驰而来的时候,我幸福得难以言表。她骑马的经验并不是很丰富,所以坐在马背上颇为紧张。来到我面前的时候，她整张脸都涨红了，那样子就像一朵鲜艳明丽的红花。她心里也很清楚，我这样安排的确是为了和她独处。但是，她最终还是同意了这种安排，骑着马，来到了我的身边。

和她在一起策马前行令我心跳加速，可是，我却变得笨嘴拙舌，说不出一个字来。最终，我还是按捺不住，向她倾吐了我的心意："丽莉安，我希望能够永远待在你身边。对我而言，你是这个世界上最珍贵的宝物，我请求你……"我直视丽莉安的双眼，告诉她："我请求你亲口告诉我，你并不讨厌我。"

"拉尔夫！"她的脸变得比刚才更红了，但她还是坚持说了下去："你明明知道……你明明知道我的心意到底是什么样的啊！"

丽莉安的话语，让我一下子变成了这个世界上最幸福的人。在那个时候，我既想纵情大笑，又激动得想大哭一场，就在这矛盾的兴奋感中，我颤抖不已，喜悦非凡。

从此以后，我只要一有机会，就和丽莉安待在一起。经过了几个月的跋涉，我们即将到达密苏里。一路上并没有发生过什么意外，这让我对自己选定的路线感到颇为自豪，因为，从未有过哪一支移民队伍，像我们这几个月的旅程一样顺利。我们行走的路线气候凉爽，不容易让人生病，只是遇袭的可能性较大；可是我们这个车队毕竟有二百三十个人，又配备了精良的武器，加上我与那几个负责巡逻的男人都对印第安人颇为了解，所以，即使会碰上印第安人的部落，我们也毫不畏惧。

经过几个月的跋涉，我们的队伍也越来越有秩序了，所以我作为队长的责任比启程的时候轻松了不少。这就让我有了更多的时间与丽莉安相处。当然了，车队里的其他人也看出了我和丽莉安之间不同寻常的亲密，但是我俩的人缘都不坏，所以大部分人都对我们抱持着祝福的态度。车队里的史密斯老爷爷说："队长，上帝保佑你！还有，丽莉安！"那两位与丽莉安同车的大婶经常拉着她窃窃私语，说得她满脸通红，也不知道她们都对她说了些什么。当我问起来的时候，丽莉安一个字也不肯告诉我。至于亨利，那个同样对丽莉安心怀爱慕的年轻人，他什么也没有对我们说，但是多多少少有些不高兴。

每天最让我感到幸福的时刻，就是凌晨六点钟。这个时候，丽莉安会骑着马奔向我。她知道我非常喜爱她长长的金发在空中飞舞的模样，所以她每次都故意松松地挽着头发，任由它被风吹散。当她骑马走近我的时候，我觉得整个世界都因为她的笑容而闪闪发光。我教她用波兰语说"早上好"，她那悦耳的声音在说波兰语的时候，听起来更为可爱。

我是波兰人，每当我听到波兰语的时候，心头总会忍不住泛起思乡之情，想起我的祖国、我的家乡，以及过去发生的一切。我时常想着这些事情，想到眼眶都红了，甚至想要落泪。但是只要我在丽莉安身边，无论如何也不会让自己的眼泪真的落下来。我还试着教她说些别的波兰语，但是，想要学会一门外语并不是什么易事，丽莉安在尝试发音的时候，有时听起来会很奇怪。每当这个时候，我就会假装笑话她，弄得她像个小娃娃一样噘起小嘴儿，一副气呼呼的模样。但是我心里清楚，她并不是真的生气，就像她也很清楚，我并不是真的在笑话她一样。

一路上，我们相处的时光既愉悦，又甜蜜。

我们在四月末抵达了一片原始草原。这里野草肆意地生长，灌木丛生，还生长着各式各样的树木和鲜花。微风吹拂，野草荡漾出一片绿色的波浪，美丽又充满生机。这里让丽莉安无比惊讶，也让她无比欢喜：草木葱茏，欣欣向荣；繁花似锦，色彩娇艳。

我在野外生活的丰富经验，让我对这里的植物如数家珍。我一样一样地告诉她这些是什么植物：那个花朵如同乳白色水珠的，叫作泪滴花，因为它的样子就像人的眼泪一样；那个有人靠近就会闭合叶片的，是一种名叫含羞草的植物；那种气味独特的，是印第安人常常使用的飞燕草，少量的飞燕草能够助眠，不过量多了就有可能让人失去意识。我想要通过这种方式，让丽莉安了解属于我的世界，了解我曾经生活过的地方："亲爱的，要是你喜欢草原和森林的话，就多认识认识这些花花草草吧。"

我还把丽莉安带到了草原中的"城堡"去。在草原上，有些地方会有成片的树丛，大多数是由木棉和罗汉松构成的，藤蔓和野生葡萄藤会缠绕着这些树生长，于是，这树丛就成了一处天然的城堡，幽静而阴凉。置身于城堡内部，你能够看到星星点点的阳光从藤蔓枝叶间的缝隙中洒落下来，藤蔓上还有无数绽放的花朵，幽香扑鼻，为这暗绿的城堡平添了几分娇艳。在树丛之中，甚至还有一个小小的湖泊，因为这里终日不见阳光，积水无法蒸发而形成。

我第一次把丽莉安带到这里的时候，她一下子就被这儿的美丽迷住了，这里的景色，完全不像是真实存在于人世间的场景，而像是一片被偷偷藏到草原上的仙境。

  一天午后，我们一起在林间漫步，树林里凉爽宜人，不像外面那样炎热，而且这里的气氛颇为庄严肃穆，就像是古典教堂一样。树梢上有啁啾的鸟雀，周围弥漫草木的清香，眼前是心爱的女孩。我的心，因这个女孩而充实、满足，此刻洋溢在我心中的幸福，任何语言或文字都无法加以描述。

4

到达密苏里河的时候,我开始担心起来。我们的车队人数众多,渡河势必要花费很长时间,而且骡马是听不懂人话的,它们不会乖乖地待在原地,等待我们渡河,而趁此机会进行偷袭,正是印第安人的拿手好戏。我心里很清楚——我们一直在被人跟踪,那两个虎视眈眈的印第安人,随时准备向我们下手。

因此,我提前做好了许多安排:把有能力战斗的人员分成两队,每队六十个人,在河的两岸严阵以待,其余的人则先行渡河。渡河的时候,大篷车不能单独行动,必须三三两两结伴而行。在我的安排下,一切都有条不紊地进行着,这也让我的队员们对我越发信赖,因为每个人都听说过不少那些渡河时发生的可怕事件。我镇定自若地安排、指挥的样子,让他们对我的英明更加深信不疑,几乎天天都有人在为我歌功颂德。

阿丝金斯大婶也天天向丽莉安夸奖我:"有你的波兰人在,他一定会好好保护你，让你毫发无伤；就算是天上下起了暴雨，他也绝对不会让你淋湿一点儿。"旁人的夸赞让丽莉安很是欣喜，在她心中，我就是一个顶天立地的盖世英雄。

可惜我这个盖世英雄在渡河的时候忙得恨不得把自己掰成两半。我需要看顾的事情和人太多了，那几天，我一直在忙着指挥大家渡河，几乎每天都把全部的时光耗费在马背上，这让我无暇顾及丽莉安，我们只有在四目相接的时候，才能用眼神向对方诉说彼此的心情。

密苏里河的河水异常浑浊，我们的牲畜饮过河里的水后，就变得病恹恹的，所以，当我们需要取水饮用的时候，就得把水舀出来，花费几个小时反复煮滚了之后才能够使用。渡河花了整整八天，我们车队里的所有人都累得精疲力竭。庆幸的是，每个人都安然无恙地抵达了对岸，就连大篷车都没有任何损毁，只是失去了一些牲口。

不过，在渡河的过程中还是发生了一些意外情况：有几个印第安人守在那里，想要趁机抢走我们的骡马，但是没有得逞，他们中的三个人被我们的人打死了。于是，第二天夜里，当地的印第安部落派出一支六人谈判团，来向我们提出赔偿要求。他们说，如果我们不愿赔偿的话，就会引发一场战争，他们部落里有五百个勇猛的战士，正在摩拳擦掌、跃跃欲试，已经迫不及待了。

我冷静地拒绝了他们的要求。这是印第安人的套路，我心知肚明。他们并不想发动战争，只不过是想要趁机捞点儿好处而已。而且，就算发动战争的话，这个印第安部落在我们这儿也讨不到任何便宜，我们的优势在于拥有非常先进的武器。在我们谈判的时候，丽莉安就躲在大篷车后面，不安地探头探脑，我知道，她心中十分担忧。

但是，我无所畏惧。我告诉那些印第安人："要是我们的营地里丢了任何一头牲口，我都会带着这里的两百个人和武器弹药到你们部落去，把你们杀得片甲不留！"

他们显然没有想到，我的态度会如此强硬，只得灰头土脸地离开。他们离开的时候，我做了个手势，车队里的两百号人都站了起来，对着他们发出吼声，就像是在说："尽管来吧，我们一点儿也不害怕！"

亨利·辛普森主动向我提出要去跟踪这个印第安谈判团，看看能不能探听到什么有用的情报。几个小时后，他回来告诉我，有一大批印第安人正在往我们这里移动。

我在心里暗暗冷笑，我很明白，这只不过是印第安部落玩惯了的把戏，目的是虚张声势，吓唬我们这些愚蠢的移民。他们手里能拿出来的武器，只不过是弓箭长矛，有什么能力与我们这些手握枪支的人对抗呢？我把这些话都明白地说给了丽莉安听，希望能够打消她的顾虑，不要总是为我的生命安全担忧。

不过，印第安人爱玩这样的小把戏，只有我自己知道，车队里的其他人未必能够明白。相反，他们觉得这场战争必定会开打。年轻人都很兴奋，纷纷拿起自己的武器，为战斗做足了准备。那天夜里，我们点燃了许多篝火，把露营地照得像白昼一样明亮，又将牲畜们都赶到大篷车围成的圆圈里，没有把它们带到外面去放牧。印第安部落的战士们始终没有走近，只是在射程的十几米之外蠢蠢欲动，模仿着狼的嗥叫。我们这边的男人们拿起了武器，女人们唱起了赞美诗。虽然印第安人声势浩大，但是真正动起手来的话，他们是必输无疑的，这一点他们心里也很清楚。印第安人甚至还试图用火攻，但是春日的野草太过湿润，他们始终无法点燃。

忙了整整一夜，直到天边出现一丝鱼肚白的时候，我才有时间去看看丽莉安，那个时候，她已经依偎在阿丝金斯大婶的身上睡着了。而阿丝金斯大婶呢，她手里拿着一把切菜用的刀子，坐在那儿，做好了准备，要跟任何一个胆敢伤害丽莉安的人拼命。对于她的行为，我十分理解，丽莉安就像是她自己的亲骨肉一样，她深深地爱着丽莉安，愿意用自己的生命来守护她，我也是一样。丽莉安是我在这个世界上最心爱的人，要是谁敢伤害她，我一定会把那个人给杀了，哪怕要我付出生命的代价。丽莉安让我体验到了最深切的幸福，如果失去了她的话，我的生命中就再也没有欢笑，有的只不过是漂泊与痛苦。

这一刻，我忽然发现，自己的内心深处已经厌倦了无休止地冒险，开始渴望在一个地方定居。如今，丽莉安出于对我的信任，即便是在战争一触即发的危险时刻，也能够气定神闲，带着甜美的笑容安然入睡。这份安宁深深地触动了我，我希望能够让她永远不必对任何事物产生担忧与害怕，就这样过上幸福的生活。要是我们现在就在加利福尼亚州，那该有多好呀！这样一来，我就可以和丽莉安在那里安定下来，开始我们的幸福生活了。我不愿意再让她担惊受怕、颠沛流离、吃苦受罪了——她瘦了许多，又晒黑了一点儿，这已经让我非常心疼了。

天气越来越凉，连日渡河让我们都很疲倦，如今，印第安人的骚扰又让我们夜不能寐，于是我果断地做了决定：主动进攻印第安人！

持续地防守会消耗我们的精力与意志，主动进攻能够打他们一个措手不及，给他们一个教训！我留下了半数人防守，带着另外一半人马袭击了印第安人的营地。我们骑着马、拿着枪，发动了一次进攻，打得那些毫无防备的印第安人措手不及，他们果真没有料到竟然有过路人敢这么做。尽管他们拼死抵抗，但是，我们的武器与他们的装备差距实在是太大，所以最终取胜的是我们。除了一场胜仗之外，我们还获得了二十个俘虏。

原本，我并不打算杀死这些俘虏，加上丽莉安为他们求情，我乐得顺水推舟，将马匹、衣服和武器都还给他们，放他们离开了。这让那些印第安人难以置信，他们在离开的时候，还在交口称赞"小白花"——这是他们给丽莉安取的绰号——是多么善良，多么美丽，就像他们给她取的绰号一样。

看似顺利的喜剧之下，总隐藏着意外的悲剧：那天夜里，亨利·辛普森过世了。我们和印第安人战斗的时候，没有人死亡，但有十几个人受了伤，其中，亨利的伤是最重的。到了夜里，伤口情况恶化，他没能挺过去。临死之前，亨利似乎想要告诉我什么，但是他的伤势太重，没能把话说出来。就这样，亨利·辛普森带着遗憾，离开了人世。

我们把他埋葬在一棵大树下，我心里清楚，与他的躯体一起长眠于地下的，还有他那未曾对丽莉安说出口的爱意。我亲自在树干上刻下了一个十字形的记号，真心诚意地期盼他的灵魂得以安眠。

5

接下来,我们来到了内布拉斯加。这里没有森林,有的只是一望无际的草原,而且比我们之前所到过的那些要更荒凉,更广阔。这下子,我们没法找到足够的木柴了,只好临时用牛粪来作为燃料。可是未晒干的牛粪还含有水分,没法烧得旺旺的,那火焰看起来总是呈现出幽幽的蓝色,让人感觉有些阴冷。烧了好几天牛粪之后,我们终于来到了碧蓝河流域。

碧蓝河两岸有许多树木,于是我们又有了燃料补给。此外,这里还有许多野生动物的踪迹,我们能够看到成群结队的野牛和羚羊。那些怕人的羚羊非常机警,一看到人就会四散奔逃;而野牛则缓缓地成群移动着,不愿脱离大部队。

这段时间,我们只碰上过三个印第安人,他们都戴着羽毛装饰,很明显都来自当地的印第安部落。但是,经历了密苏里河那次小型战争后,他们不敢轻易对我们出手。我想那一仗的确给他们留下了深刻的印象，他们甚至给我改了绰号，把"大个子拉尔夫"改成了"大个子阿拉"。"大个子阿拉"这个名字已经传遍了草原上的每一个部落，对于他们来说，这个名字意味着我的可怕和强大。

对于我这个人，除了害怕之外，他们还有些敬畏。当然了，这份敬畏都是托丽莉安的福。由于丽莉安的说情，我对上次那批俘虏格外开恩，草原上的各个部落也得知了这件事，所以，他们对我这个人颇为佩服，也就不会主动来为难我。这些人虽然和我们不属于同一个种族，却也有着印第安人特有的血性和情感。

碧蓝河是一个绝佳的休憩场所，我决定让整个车队在这里休整十天。考虑到大家和骡马都已经疲惫不堪了，接下来的路途又比之前要艰险许多，一段时间的休养生息是很有必要的。

我们在河岸三角洲挑选了一处进可攻、退可守的地方扎营休息，开始了这段旅程当中最为轻松愉快的一段时光。

处于风景优美的环境之中，无须赶路、气候宜人、食物取之不尽——除了野生的果子之外，还有许多善于狩猎的人捕回来的飞禽走兽可以吃。这一带有许多野生动物，味道都很鲜美。黄昏时分，大家就各自找些活动取乐，要么歌舞娱情，要么谈天说地。

这十天是我一生之中最为幸福的一段日子，因为我什么都不需要去想，什么都不需要去忙，可以一直待在丽莉安的身边。

有一天，在黎明时分，我牵着丽莉安的手，带着她沿河岸向着河流上游漫步。我知道在营地不远处有一个"河狸城"，那里有许多河狸，我想，丽莉安一定会喜欢这些可爱的小家伙。

河狸这种动物智商极高，这个地方是河流的分叉处，流水汇聚成了一个小小的湖泊，河狸会用树枝在湖泊上游筑堤，这样一来，小湖泊的水流量就会稳定下来，湖中的各种资源就可以任凭它们取用。据说，河狸还会给自己盖许多圆顶小屋，在湖面上排成排。

湖边长着许多垂柳，纤长的柳枝垂入水中，姿态柔美动人。这个地方几乎没有什么人迹，我们小心翼翼地拨开柳枝，去看那明亮如镜的湖面。河狸们大约还在睡觉，一切都处于寂静之中，我甚至可以听见丽莉安紧张的呼吸声，我们俩就这样站在河岸上，等待着这些动物醒来，等待着这片水域醒来。

天色渐渐地亮起来了，这里也开始出现一些声响，野鸡从草原上昂首阔步、神气活现地走到湖边来喝水，丽莉安惊喜地瞧着它们那灰色的羽翼和小尖嘴儿，悄声对我说道："这个地方可真是太美妙了，拉尔夫！"

清澈而平静的湖面，周围环绕着一片翠绿，天空被初升的朝阳染成了如血般的鲜红色，枝叶间的露珠在阳光的照射下闪烁着莹润的光芒。那些醒来的动物纷纷起来活动。河狸从水里探出头来，无数毛茸茸的小脑袋在水面上冒了出来，一个，两个，三个……它们开始嬉戏玩闹，快活地发出叫声。

过了一会儿，其中两只河狸开始发出一种命令似的叫声，于是，所有的河狸都分成了两批，一批去了上游的堤边，另一批则在柳枝下边啃起了木头。对于河狸而言，这些是它们日常生活中的一部分。它们并不会打搅我们，但是会在丽莉安不小心碰到柳树枝的时候，忽地一哄而散，只有荡漾的水波，昭示着它们并未走远。

我和丽莉安就这样沉浸在大自然的美丽与神奇之中，丽莉安惊叹于她从未见过的奇妙景色，而我则在认真地思考，过一段时间，我要和丽莉安在荒无人烟的峡谷之中创造一个属于我们两个人的家，那个地方会有许多好看的植物，许多可爱的动物，以及澄澈的溪流，还有我深爱的丽莉安。

　　我们继续欣赏这里的景色，过了一会儿，时间就到了中午，可丽莉安竟然一点儿也不觉得累。我带着她在河边转悠了一会儿，把她从河湾带到了一条清溪边。丽莉安无法蹚水过河，苦恼得皱起了眉头，于是我微微一笑，把她背在背上，走了过去。

　　到了对岸，我们又散了一会儿步。天气愈发炎热，我估摸着丽莉安一定累了，询问她想不想休息。虽然丽莉安嘴上拒绝休息，可是，她的身体的确已经吃不消了，走了几步就摇晃起来，差点儿摔倒在地。她看着我，声如蚊蚋："我真的再也走不动啦……"所幸我的体力还多得很，干脆像之前一样把她背在背上，向前走去。

　　不知不觉，已经到了傍晚。深红色的晚霞穿透树梢，落在了我们的脸上，瑰丽的霞光倒映在湖面上，显得格外动人。这里已经没有什么动物的踪迹了，我心里明白，要是再不回到营地去，恐怕就会有危险了。于是，我牵着丽莉安的手，和她一起返回了营地。

　　回到营地之后，我才知道，因为我们迟迟未归，大家非常担心，已经派了十几个人出去寻找我们了。奇怪的是，他们每一个人都路过了那个"河狸国"小湖，却没有谁发现我们的踪影；他们还在那儿附近大声地呼唤我们的名字，可是我们也没有听到这些呼唤。

我觉得时机已经成熟,那件事可以向众人宣布了。于是,我把大家召集在一起,牵着丽莉安的手走到众人之中,大声宣布道:"今天把大家召集起来,是希望大家为我作证,现在站在我身边的这位女子,丽莉安,已经是我的妻子了。如果以后有人问起,请你们在法律面前,为我们作证,证明我们已经正式结为夫妇。"

"那是一定要的!"

"祝贺你们!恭喜你们!"

大家都欢呼雀跃起来。

车队中的史密斯老人依照风俗,询问丽莉安:"丽莉安小姐,你是否愿意嫁给这个人,成为他的妻子,和他白首偕老?"丽莉安毫不犹豫地回答道:"是的,我愿意!"

在这片什么都没有的荒野里,我们在众人面前承认了彼此的关系,这就相当于我们的正式婚礼了。每一个人都由衷地为我们感到开心,这是因为我们一直以来都相处得非常融洽。虽然我制定了许多详细的规则,并要求他们每个人严格地遵守,可是大家都知道,我是为了大家的安全才这么做的。至于丽莉安呢,她一向是所有人的宠儿,是被每个人呵护的孩子。

我们在所有人的见证下,彼此交换了至死不渝的誓约。大家决定为我们举办一个庆祝典礼,为这场婚礼增光添彩。人们点燃了盛大的篝火,奏响了欢快的乐章,载歌载舞;我和丽莉安在人群之中依偎着彼此,接受每个人的祝福。阿丝金斯大婶一向疼爱丽莉安,把她当成自己的亲生女儿,她心里又感动,又不舍,搂着丽莉安又哭又笑。

不过，我们所有人都知道，她打心眼儿里为丽莉安高兴。

除此之外，大家还照着美国人的风俗点燃了树枝，做成火炬，偕同我们俩一起走过一辆辆大篷车，由史密斯老人向丽莉安发问。他指着一辆车，问："那里是不是你的家？"

"不是。"丽莉安答道。

"那辆车是不是你的家？"

"不是。"

就这样，史密斯老人一辆辆地问下去，一直问到了丽莉安往日和阿丝金斯大婶一起住着的那辆大篷车。史密斯老人继续问："你的家是这辆车吗？"

丽莉安这下子有些不好意思了，她低下头，小声地回答："不是。"

阿丝金斯大婶哭了起来，丽莉安在她的感染之下，也落下了眼泪。她的泪水似乎有某种魔力，让周围的每一个人都变得更加温和、更加友善，这就是丽莉安的特殊能力。

最终，我们来到了我平日里睡的那辆大篷车旁，史密斯老人问："这里是不是你的家？"

"是的！这是我的家！"丽莉安点了点头。

这一刻，大家都安静了下来，一齐向我们脱帽致意，献上祝福。史密斯老人则高高地举起手，欢呼道："祝福你们！祝福你们的家！"

所有人再次一拥而上，为我们献上祝福，随即离开了车边。丽莉安依偎在我身边，低声对我说："我们要永远、永远在一起。"幸福充盈着我的胸口，令我整个人喜悦得快要爆炸。

6

就在我们婚礼的第二天清晨,我早早地起床出去了。我想要为还沉浸在梦乡中的新婚妻子丽莉安采摘一些漂亮的野花,让她一醒来就看见我送来的这份美丽的礼物。

我认真仔细地挑选着那些姿态各异的花朵,心中激动无比。以前的我从来没有料到,我竟然会坠入爱河,竟然会把一个人看得比我自己还要重要。如今的我一想到那个人的存在,就觉得自己的生命无比充实、无比圆满。这真是我的荣幸!

虽然我如今和我的妻子住在一辆大篷车里,而且还在草原上过着颠沛流离的日子,但是我心里却觉得,这个世界上没有人比我更加富有,因为有一个人和我心灵相通,和我相亲相爱。只要有她在,我就拥有了全世界。要不是我们的确有必要到加利福尼亚州去一趟,我甚至想就这样在内布拉斯加找一个地方定居,与我的妻子丽莉安永远厮守在一起。

啊，妻子！这是一个多么奇妙、多么美好的称呼！这个称呼让整个世界都亮起来了，万事万物在我眼中都因为这个称呼变得更加美妙！这样的幸福，竟然被我拥有了。曾经，我想过要跟这些移民一样，到加利福尼亚州去，在那里淘金；可是现在，我已经拥有了全世界最珍贵的宝物，还需要金子干什么呢！丽莉安也不是一个追求物质财富的女孩，我知道，只要我们两个在一起，对她来说，比拥有全世界的财富还要满足。我希望能够找到一处山清水秀、繁花似锦的所在，在那里，我们可以建造一栋小小的木屋，种些粮食，以打猎为生，我可以一辈子都过着这样简单朴素的生活，只要是和丽莉安一起。

对未来进行了许多畅想过后，我摘回了一大捧美丽的野花。在返回营地的路上，我碰见了阿丝金斯大婶。

"丽莉安哪儿去啦？"她问。

"还在睡觉呢。"我回答道。我们相视一笑。

其实这个时候丽莉安已经醒了，她正坐在大篷车上东张西望，一瞧见我的身影，就欢欢喜喜地朝我跑了过来，还用波兰语对我说了一句"早安"，然后立刻仰起脸来，问道："我是你的妻子吗？"

我对她深情地点了点头，献上了我手中的花束。

惬意的休息时光告一段落，我们又将踏上旅途。可是，就在我们出发前，丽莉安的身体似乎有些不适，她的脸色苍白得像雪，浑身乏力，这令我无比担忧。我尽量抽出空来悉心照料她，但是丽莉安却产生了另一种烦恼：她认为我们之间这种热烈如火的爱情是不对的，她觉得，如果这种错误的爱情必将遭受惩罚的话，但愿只惩罚她一个人。

我告诉她，相爱绝对不是一种罪孽，而是一件崇高神圣的事情，天使将会把我们的爱情告知上帝，让上帝知晓这份爱是多么美好。

两天以后，我们正式出发了。离开之前，我恋恋不舍地看了这片土地一眼，感到一阵强烈的失落。毕竟，这个地方见证了我和丽莉安的婚礼，承载了我的满足与欢乐。不过，我又想，几个月后，我们到了加利福尼亚，我和丽莉安就会长相厮守、永不分离，到时候，我们总有机会回来看一看的。想到这里，我的心情又轻松了一些。

就像我之前说的那样，我们停下来休息是因为即将要进入一段比以往更加艰难困苦、危机四伏的路程。在我们不断前进的过程中，那些印第安部落开始对我们进行骚扰和攻击。附近缺少树木，我们也没办法用木柴作为燃料，只好一直烧着牛粪。可是，这段时间阴雨不断，就连烧牛粪都变得困难起来——淋了雨的牛粪是很难烧着的。除此之外，成百上千头狂奔的野牛也给我们造成了一定影响。现在是它们迁徙的季节，这些奔跑的食草动物所到之处，一切都会被破坏殆尽，就连我们的营地也不例外。

除此之外，在这样的季节，草原上出没的野兽的数量也渐渐多了起来，灰熊、豹子和狼群都是我们要担心的。虽然这些野兽完全是冲着野牛来的，但是并不代表它们不会伤人。我们车队之中就有人碰上过野熊的袭击，虽然最后那只熊被我和史密斯老人解决掉了。

在这样的情况下，我越来越担心。这些疯狂的畜生胆子渐渐大了起来，一周之内，我已经在车队周围打死了两只野熊，这意味着我们必须对这些野兽严加提防。要是在从前，我对于这些野兽没有一点儿畏惧，比这更可怕的情况我也不会眨一下眼皮；可是现在，一切都不一样了，我有了丽莉安。丽莉安就在我的大篷车上，日日夜夜担心着我的安全，为我祷告。只要看到她心怀烦恼或者面露忧郁，我就渴望能够远离所有的危险，好让她安心地露出笑容。她是一位如此温柔、如此美丽的女子，又是如此柔弱，我不希望让她为我操心，只想赶紧安然度过这段充满危险的旅程。

艰难前行几周之后，我们总算是见到了河流。河流两岸生长着许多芦苇，正好可以作为燃料。我一望地形便知，我们已经来到了海拔极高的地方，也就是说，落基山脉最艰苦难行的山区就在不远处了。

海拔越高的地方，昼夜温差就越大。这里的夜晚寒冷刺骨，车队里的许多人都因此生病了。我那温柔美丽得如同天使一般的妻子丽莉安，每天都在照顾这些病人。可是，叫我更担心的，是她的身体状况。她变得越来越消瘦，也越来越憔悴，可是她一句怨言也没有，只会冲着我露出甜美的笑容，要我不必为她担忧。我真心祈求上天，希望能够用我的健康换取一段路程，好让我们一下子就到达加利福尼亚！

可是，我们离加利福尼亚还有很长的一段路要走，而且旅途将会变得越来越艰苦，但我们仍要不断前进。好在那些生病的人情况都开始有了好转，现在状态不佳的变成了那些拉车的骡马，它们吃得不好，越来越虚弱了。

终于，在一个午后，我们的队伍里有人站在大篷车上朝远处眺望的时候，看见了前方巍峨绵延的山脉。他兴奋地大喊起来："是落基山脉！我们到了，我们到了！"

大家听到这个消息，就像炸了锅一样，每个人都兴奋得又叫又嚷。我和丽莉安笑着，并肩站着，仰望那蜿蜒起伏的山脉。我在心中暗暗发誓，待这趟旅程结束之后，我绝对不会让丽莉安再次陷入这种辛苦的境况。

虽然落基山脉已经出现在我们的视线范围之内，但是距我们真正登上落基山，还有一段一点儿也不轻松的路程。如果沿着河岸行走，道路陡峭艰险，寸步难行；如果从山谷过去，野草荆棘又会缠住我们的车轮，而且这附近的地面上有许多深且宽大的裂缝，稍不注意就可能会失足掉进去。所以，我们要想平安抵达落基山脉，只能绕一段远路了。

这段路将我们每个人都折腾得筋疲力尽，到后来，就连骡马也支持不住了。幸好，周围不断变化的景色让大家还有些新鲜感，再加上我们都坚信着落基山脉就在不远的前方，这才支撑着我们一路前行，没有放弃。

我们偶尔也会碰上一些印第安人。和草原上的印第安人比起来，这些大山里的印第安人要凶暴得多，也残忍得多。他们用弓箭和战斧作为武器。要想使用那种弓，需要特别大的力气，我们的人根本就没有办法成功地把他们的弓拉开。万幸他们人数不算多，也没有和我们起过什么冲突，只是我们在向他们问路的时候沟通有些不便，因为双方语言不通。

之后的路变得越来越难行，我们的马匹已经完全支撑不住了，只有骡子还能够坚持着拉车。于是，我们只能用绳子拉着其他大篷车，继续向前行进。当时,许多人的身体状况都变得很糟糕,甚至还有人呕血而亡。

  我至今还深深地记得那段路。那里被称为科罗拉多的恶魔之地,目之所及,墓碑和坟堆随处可见,想来也知道这个地方曾经有多少人踏足,又曾经埋葬了多少人。

  途中的困难实在太多,我们赶路的进度也渐渐慢了下来,每天只能前进十五里左右。走出那里,花费了我们一个多星期的时间。

7

离开恶魔之地后,我们就来到了落基山脚。

高耸入云的落基山脉令我心生敬畏。我抬起头,看着这巍峨的高山,它仿佛在居高临下地俯视着渺小的我。我向着大山,默默地在心中祷告:"但愿这大山能够保佑我和我的妻子丽莉安,保佑我们的车队能够顺利通过。"

四周全是岩石,一眼望不到其他东西。不管你往哪个方向看,都只能看到花岗岩构成的山路和峡谷,就连深渊之中也全是巨大的石块。岩石和山谷使这里的气氛格外庄严肃穆,我们甚至不敢在这样的氛围下大声说话,更别提喧哗嬉笑了。如此一来,队伍中的气氛就变得极为压抑。到了夜里,这里看起来更是阴森恐怖。照在岩石上的月光反射出一片银蓝,显得无比阴冷怪异;深不见底的裂缝之间似乎有什么东西正在瞧着我们,令我们心惊胆战。这段路程,我们惶惶不可终日,只能整夜坐在篝火边互相打气,彼此壮胆。

一天，我们在路上发现了一具印第安人的遗骸，这让我们每个人心头都浮现出恐惧的阴影。对于我们来说，这具骸骨就像是上天给的某种警示，在阻止我们往前行进。就在发现遗骸的那一天，我们的一个伙伴连人带马从悬崖上摔了下去，再也没有爬上来。每个人都为他的遭遇而悲伤，大家的情绪都很低落。还记得旅途刚刚开始的那几个月，我们在行进过程中总是快活的、兴奋的；可是如今，谁也不愿意主动开口，每个人都只是默默地前进着。这个时候，就连骡子也开始不合作了，它们闹起了脾气，无论人怎么吆喝都不愿意继续前进，我们只好不停地甩着缰绳，不断地鞭打它们。

对我来说，这些事情都不是旅途中最艰难的情况，因为，这一切困难都早在我的意料之中。真正令我难受的是，作为队长，我的责任最重，也最忙碌，这么一来，我就无暇分身照顾、陪伴我的新婚妻子了。我鼓舞着每个人的士气，却没有办法把时间分给我的丽莉安。毕竟，在整个车队之中，只有我的身体和精神还没有垮，我自然要加倍照顾所有人。夜晚高强度的巡逻放哨工作，让我每天只有不到两个小时的睡眠时间，再加上用绳子拉车的辛苦……可是，我作为队长，本就该承担比其他人更多的职责。

万幸我的身边还有丽莉安，我的妻子，我生命中的天使。不管我多么疲惫，心情多么糟糕，只要回到大篷车上，回到我亲爱的妻子身边，看到她那美丽的面容，我的心情一下子就会豁然开朗。而她呢，即便是在身体不舒服的情况下，也会坚持等我回到大篷车上，再与我一同入睡。有时候，我会出言嗔怪，怪她为什么不早一点儿休息，可是她总是要我不要为此而生气。我照顾着车队里的每个人，而丽莉安照顾着我。她绞尽脑汁把我生活中的一切安排好，让我吃得好一些、睡得好一些……我的妻子，我的丽莉安！她是一个多么伟大、多么善良、多么体贴的人啊！在我眼里，我们的大篷车就如同神殿，因为她身上散发出了那样强烈的圣光。在高山面前，丽莉安是渺小的；可是在我心里，她是如此崇高。在我眼里，没有巍峨群山，没有苍鹰秃鹫，也没有悬崖峭壁，只有丽莉安，我的丽莉安。

只要我还能够看到丽莉安，我就觉得浑身充满了力量。

几个星期之后，我们与印第安人发生了一场战斗。在这场战斗中，我们俘虏了一个印第安少年，从他那里获得了许多情报：他给我们指出了正确的路线，还暗示我们附近有其他白人存在。果然，他没有骗人，我们在山谷地发现了大篷车和木屋，甚至还有成群的牲口和粮仓！

如果这些白人是善良的好人的话，那么，我们该有多么幸运啊！可是，要是他们是一群穷凶极恶的逃犯，我们又该怎么办呢？我看着丽莉安，平生第一次体会到了恐惧的感觉。我觉得，自己的胆子在那一刻变得很小很小：要是他们真是逃犯，我们一定很难取胜；要是被他们打败，或者我不幸身亡，那么，丽莉安，我的天使，我的妻子，她会遭到什么样的对待呢？

事已至此，我们也只能去碰碰运气了。我事先警告大家，打起精神，做好战斗的准备，随后便独自走向那有人居住的山谷，打听那些人的身份。幸好，我们的运气真是好到了极点，这片营地属于美国裘皮公司，住在这儿的都是些捕兽人。他们的狩猎经验都很丰富，知道我们一路上吃尽了苦头,便为我们准备好了食物和住处,极为热情地把我们全都迎进去了。

这片营地的头儿名叫拓尔思通,他受过教育,具有很好的教养。得知我的身份后,他对我的态度变得比之前还要友好,甚至把自己居住的木屋让给了我和当时身体状况很差的丽莉安。

在我的精心呵护下,两天之后,丽莉安的身体终于恢复了一些,有力气出门走动了,不过,我还是不许她操劳、干活儿,以免病情反复。

整个车队在这里休息了好几天后,就开始修理坏掉的大篷车和浣洗衣服。营地里的捕兽人都很热情,纷纷主动来帮忙。交谈之下我才得知,他们受这家公司雇用许多年了,冬日里捕捉河狸之类的动物,夏日里则在这个营地里聚集起来,护送那些经过粗加工的兽皮平安通行。这份工作十分危险,与印第安人和各种各样的猛兽搏斗已是家常便饭。因此,这里的每一个人都勇敢得叫人惊讶,而且,他们都十分富有冒险精神。

我和他们很谈得来,他们对我的这支车队也颇为赞赏,因为我们这个由移民构成的车队装备齐全、纪律严明,不然,是不大可能一路走到现在的。拓尔思通还夸赞了我,因为我对于行进路线的选择非常明智:"有个家伙,叫作马可伍德,他领了一支三百人的队伍走了另一条路,结果呢,就在夏季里最炎热的时候碰上了蝗灾,最后被那里的印第安部落全数歼灭了,就连马可伍德自己也不幸身亡了。所以,你这条路线,选得可真是有智慧!"

我们车队里的人听了他的话,都吃惊极了,因为一开始我选择行进路线的时候,曾经受到过种种质疑,就连史密斯老人也曾经怀疑过我的决定。可是现在，他们对我真是心服口服了。

我和拓尔思通建立起了良好的友谊，除此之外，我还认识了一位名叫麦克的著名猎手。麦克曾经和另外两名猎手合作，仅三个人就战胜了整个印第安部落。如今，每一个印第安部落的人听到麦克的名字，就好像那是什么凶神恶煞的名字一样，怕得要命。麦克在印第安人的部落里算得上是说得上话的人物，因此后来政府任命麦克担任俄亥俄州的州长。我曾经和麦克进行过一番比试，他是第一个战胜我的男人。不过，那个时候他已经年过半百了，这可真是叫人意想不到！

丽莉安也给麦克留下了很不错的印象。在我们离开营地的时候，麦克送给丽莉安一双小巧轻便的鹿皮靴，好让她能够舒舒服服地行走。

在我们启程之前，这里的捕兽人还分给我们许多粮食，拓尔思通甚至将我们那些生了病的瘦骡马留了下来，将他们的好骡马换给了我们。麦克绘声绘色地向我们描述了加利福尼亚的繁华与富饶，我们对此颇为感激，也对前路更加充满信心。

与这些猎手依依不舍地分别之后，我们就继续踏上了旅途。

每个人都因为麦克的话士气大增，满心期待，尤其是我。喜悦之情充满了我的内心，就快要溢出来把在场的所有人都给淹没了！

我这么快乐，完全是因为丽莉安。那是我人生中极具纪念意义的一天，丽莉安告诉我，她怀有身孕了。

我和我挚爱的妻子，即将孕育出一个新的小生命！我的天啊，在我的人生之中，竟然有一天能够体验如此深厚的幸福！

8

两个星期后,我们来到了犹他州。穿过落基山脉之后,我们到达了犹他湖。这个地方的地形地貌,与我们之前所见的完全不同,到处都是盐碱地,就连湖水的味道也是咸涩发苦的。这里的植物很少,完全见不到树木,只有一些暗灰色的植物覆盖在土壤上。这个地方死气沉沉,单调枯燥,就像是死神居住的地方。

我们以一种近乎麻木的心态继续前进。即便穿越犹他州,到达了内华达州,景象也没有发生任何变化。这里没有干净的水源,也没有植被,有的只不过是盐碱地和似火骄阳。我们在暴烈的阳光底下行走,被晒得口干舌燥,一个个都变得毫无生气。

内华达州是如此荒凉,荒凉得让我们所有人都感到绝望。要不是我们已经走完了大半路程,眼看加利福尼亚州近在咫尺,或许我们早就崩溃了。

虽然我们每个人都在勉强支撑,但是牲口们却无法像我们一样保持强大的意志力。骡马接二连三地倒下、死亡，一周之内，我们就不得不抛下了三辆马车。但是让我们觉得更加恐怖的，是疾病开始肆虐、扩散。

由于长途跋涉和剧烈的天气变化，车队里有许多人感染了伤寒，包括史密斯老人。史密斯是我和丽莉安婚礼的主持人，他对我们就像是对自己的亲骨肉一样充满呵护。丽莉安坚持要去照料他，我虽然担心丽莉安的身体状况，也不好阻拦她为史密斯尽些心意。可是史密斯毕竟年纪大了，即便得到了丽莉安的精心照顾，还是没能挺过去。感染伤寒的第八天，他在丽莉安的怀中溘然长逝。

我安葬了他。在他的坟前，我忍不住落下了痛苦的眼泪。史密斯在车队里几乎是副队长一样的存在，他是我的得力助手，帮了我许多许多。在我心里，几乎是把史密斯当成自己的父亲一样看待的！失去史密斯，令我们所有人都无比悲伤。

但是，疾病让我们无暇沉浸于悲伤。病倒的人越来越多了，就连阿丝金斯大婶也染上了伤寒，好在丽莉安细心看护着她。最后，阿丝金斯大婶痊愈了。

丽莉安在照顾病患的时候，我总是在巡逻或者守夜，无法陪在她的身旁。我是那么害怕，害怕她被传染，害怕她太过疲乏。一想到这些可怕的可能，我就浑身发软，连路也走不了，只得跪倒在地上，浑身都因深深的恐惧而颤抖。我祈求上天，对我的丽莉安仁慈一些，不要让这个既善良又美丽的女子失去老天爷的眷顾。

然而，丽莉安还没出事，我却病倒了。我就像是一棵粗壮的大树，在狂风暴雨之中惨遭折断；可是丽莉安却像一棵柔韧的小草，虽然会随风摇摆，却坚强不屈。虽然丽莉安的身体有些虚弱，但基本情况还算得上健康。她的肚子一天天地大了起来，可她却坚持在不同的病人间穿梭来回，坚持照料所有的病患。

这位伟大而圣洁的女子！我看着她，一句话也说不出来，只能够给她一个紧紧地拥抱，表达我此时此刻激荡的情绪。

离开野营地的时候，我们一共有五十辆大篷车，如今只剩下三十二辆了。此外，我们已经死了九个伙伴，还有六个伙伴尚在病中，这让所有人都开始觉得害怕。食物所剩无几，可是没有人愿意外出打猎，因为大家都对死在外边充满了恐惧。于是我们只好竭尽所能节省食物，盼望能够在恢复一些体力之后，再去进行食物储备。

幸好，我们平安度过了盐碱地上的旅程，重新来到了草原上。

就在我以为所有的劫难都已经过去了的时候，印第安人来了。他们不知从哪里弄来了枪支弹药，肆无忌惮地对我们发起了进攻。我们有四个伙伴不幸中弹死去，在战斗的过程中，我也被他们的战斧砍伤了脑袋。虽然我们最终取得了胜利，但我却昏了过去。

丽莉安陪伴在我身边，照顾了我整整三天。我很喜欢有她陪在身边的感觉，所以第三天时，虽然我感觉自己已经好了许多，却还是装着虚弱的样子，只为让她继续照顾我。在我妻子那双美丽的蓝色眸子中，我看到了深深的担忧和害怕，这下子我才发现，自己瘦了许多，也虚弱了不少。丽莉安也开始为我的身体担心了，就像我过去担心她那样。

待我恢复了一些之后，我们又开始赶路了。这里的天气实在是太热了，弄得我们的牲口都不安起来，连狗也整夜整夜地吠叫。我嗅到了奇怪的焦糊味，只好到处查看，看看是不是哪里着了火。可是，这里一丝风也没有，我连火星也看不到，更别提火光了。

经过反复检查之后，我非常确定这焦糊味正是来自一场大火，不过，这场大火已经结束了。我看到了许多四下奔逃的小动物，从我们面前跑过。它们逃离的方向，正是我们要去的方位。空气中的焦糊味已经淡了，我很清楚这代表着什么：我们即将要去的地方发生了一场火灾，现在火灾已经结束了。小动物四下逃散，是因为那个地方现在已经被烧成了一片灰烬，就连一根草也不剩了，所以它们要去寻找新的住处。

白天，气温实在是太高了，我们只能在夜间前进。我的身体状况不佳，无法骑马，就和妻子一起待在大篷车里。那天晚上，我听到有人在外面叫嚷："队长，我们脚下的土地全都烧焦了！"

我急忙从大篷车上跳了下去，仔细地检查了一会儿。确实，这里就是火灾发生之处。于是，我急忙给车队下令：

"停车，原地休息！"

我希望能够确认这场火究竟烧了多长时间，波及了多大范围。所以，我们就在这里过了一夜。第二天早晨，我查看了周边的情况，满眼都是焦黑的土地，四处都是烟雾，即便站在大篷车顶端往远处看，也看不到灰烬的边界在哪里。于是我决定，带着大家绕开此处。

在无法确认这场火灾究竟有多严重的情况下，如果之后的上百里路程都是这样的情况,那么,我们是绝对无法生存的,就连牲畜们也会丧命。可是车队里有人对这个决定颇为不满,认为绕路会耽误更多的时间,而我们已经走了很久很久了。

就在大家议论纷纷,抱怨连连的时候,忽然出现了一个令人惊讶的奇迹。

所有的烟雾在一瞬间散去,我们眼前出现了壮丽的内华达山脉!那山脉看上去是如此清晰,就连山峰上的积雪、山坡上的草原和山麓上的森林都依稀可辨!这一片郁郁葱葱、生机勃勃的绿色,此刻在我们眼中就是最美丽的风景。不仅如此,我们还感受到了山间清风的吹拂,这可不是沙漠中那种炎热干燥的热风啊!

眼前的景色使我们高兴得快要疯了,车队里有好几个人都跪倒在地上,感谢起上帝来。丽莉安喜悦得流下了眼泪,她不断地问着我:"原来,已经这么近吗?你不是说加利福尼亚距离我们至少还有一百五十多里路吗?"

我觉得,我大概是把距离给估算错误了,毕竟,我也没有去过加利福尼亚呀。

离内华达山已经这么近了,大家不愿再休息,打算一鼓作气地前往目的地,就连病人也不约而同地这么要求。于是,我们加快了速度,在这片被火烧得焦黑、寸草不生的土地上继续直线前进。我没有再提起绕行的计划。为什么要绕行呢?加利福尼亚和内华达山脉距离我们仅仅几十里,只需要一天时间,我们就能到达目的地!

可是,我们犯了一个可怕的错误。我们不断地前进着,直到夜幕降临，都没有到达内华达山脉。到了半夜，牲口都因为赶路赶得太急而累得倒下了，我们只好停下来休整一番。那一夜，车队里无人入眠，每个人都想等到天亮时，瞧一瞧内华达山脉到底还有多远。

天亮起来的那一刻，所有人都惊呆了：我们眼前仍旧是一片荒芜，一片焦黑。内华达山脉哪去了？加利福尼亚哪去了？

我恍然大悟。昨天我们看到的一切，都是海市蜃楼！

我几乎陷入了绝望。不过，我还是让车队在原地等待，自己骑马到前方探路，看看被烧焦的土地范围究竟有多大。可是，车队里的人们已经不愿意服从命令了，他们认为内华达山脉就在前方，宁愿赶着骡马继续前进。本来我想跟丽莉安一起离开车队，可是我没有马车，丽莉安又和阿丝金斯大婶共乘。万般无奈之下，我只好随着车队前进。

前进了三天，我们只剩下最后一头骡子了。为了丽莉安，我极力争取到了那头骡子，让她骑在上面，其余的人就靠两条腿行走。可是还有一个更严峻的问题：食物已经不够了。虽然我自己悄悄留下了一些面包干和熏肉，但那些都是为丽莉安准备的，我自己一口也不愿意去吃！

海市蜃楼又出现了，我们之中的一些人已经疯了，一些人则因病死去，情况越发严峻。第四天，就连丽莉安骑着的那头骡子也倒下了，我们分食了骡肉，可是，一头骡子哪里够所有人吃呢？每个人都盯着我看，却没有谁敢开口向我讨要食物。深夜里，我会偷偷塞给丽莉安一些食物，让她独自吃掉，她总是希望我能够跟她一起吃，不过我无论如何也不愿意。有时候，我甚至会害怕自己因为过于饥饿，吃掉那些为丽莉安保存下来的食物。可是,我又不能把食物交给丽莉安保管,她是那么善良,一定会将食物分给所有的人。

到了第六天夜里,丽莉安也病了。她开始发烧,脸上出现了红色的斑点,呼吸也变得困难了。丽莉安躺在那里,紧紧地握着我的手,温柔地告诉我:"不要再管我了,拉尔夫!我马上就要死了,你要想办法救救你自己啊!"

"不,不会的!"我心中充满了痛苦,充满了愤懑。

在这个世界上,像丽莉安一样又善良又仁慈的人根本就不存在第二个,为什么上天还要这样对她呢?我抱着她不断前进,甚至不明白自己是哪里来的力气。就这样,我抱着她一直走,一直走,心里什么也不想,只想着我的妻子,想着如何让她好起来。我感受不到外界的冷热,也感受不到自己的饥渴。

夜里,她用微弱的声音呼唤着我,她说:"拉尔夫,我好渴,我好想喝水啊……"

啊,生命之水!可是我所有的,只不过是一些面包干和熏肉,哪里有什么水给我的丽莉安喝呢!我只能割破自己的手,用鲜血哺喂她,暂缓她的干渴。

大多数时候,丽莉安都处于神志不清的状态,有时她会忽然清醒过来,似乎想要告诉我什么话,却只能低低地呢喃着:"拉尔夫,无论发生什么事,都请你不要生我的气,毕竟我是你的妻子呀。"

我什么话也说不出来,只能机械、麻木地抱着她往前走。那个时候,我甚至连感官都失灵了,什么情绪也体会不到。

第七天，我终于看到了地平线上的内华达山脉，但我已经没有力气走到那里去了。而我最心爱的女子，我生命中的天使，丽莉安，也已经离开了我。在回光返照的那一刻，她用那双美丽的蓝眼睛看着我，呼唤着我："亲爱的拉尔夫，亲爱的，我爱你……我的丈夫！"

随后，她就陷入了永恒的长眠。

而我也因为锥心的疼痛和严重的体力不支昏了过去。之后发生了什么事，我已经不记得了。

当我再次醒来的时候，已经身在加利福尼亚的一个移民家中了。休养了一个多月之后，我的身体基本恢复了健康。于是，我重返内华达，回到了那片被火烧得焦黑的土地上。

这里已经重新长出了茂盛的野草，可是，我却找不到丽莉安的遗体，也找不到她的墓地。

还是说，她尸骨无存，连墓地都没有留下来呢？

身处焦土之中的我，再一次感受到了巨大的痛苦。我不知道自己究竟做错了什么，要遭到这样的惩罚？我失去了生命中最重要的人，可是，我却不能在她的坟头好好地哭一场。

从此以后，每年我都会到内华达州去，找寻丽莉安的墓地。那么多年过去了，我却一无所获。失去了丽莉安，我就像行尸走肉一样活着，再也体会不到生命中的幸福与快乐。我深深爱着的那个人，留给我的只有回忆……

现在我已经上了年纪，距离死亡也不远了。如果真有上帝的话，我只想向他恳求一件事：到了我前往天国的时候，请一定要让我在天国的大草原之上,找到我心爱的丽莉安。

我将和她在那里厮守在一起,永不分离……

波尼克拉的琴师

积雪已很深，脚踩下去发出吱吱的响声。克伦先生拥有修长的双腿，他轻盈地在札格拉比至波尼克拉的路上走着。他的步伐越来越快，因为大冰冻即将来临。尽管天气寒冷，他却仅着一件短衣，外罩一件更短的羊皮外套，下身是条黑裤，脚蹬一双薄且修补过的皮靴。他手持一管笛子，头戴一顶漏风的帽子，胃中灌满了酒，心中洋溢着喜悦，灵魂深处满载着这份喜悦的诸多缘由。

那日清晨，他与牧师克拉耶夫斯奇签订了契约，即将成为波尼克拉教会的琴师。此前，他如同流浪的吉卜赛人，四处漂泊，从客栈到婚礼，从市集到庙会，以吹奏笛子和弹奏风琴为生——他的风琴技艺甚至超越了当地的琴师。如今，他终于要安定下来，拥有一所房屋，一片园子，每年一百五十卢布的薪水，偶尔还有其他收入，享有社会地位，以及近乎神圣的职业——教会的琴师，谁会不对他心生敬意呢？

曾经，在札格拉比和波尼克拉的田野间，那些拥有些许土地的农民们，对克伦先生都视若无睹。现在，人们遇见他时都会恭敬地脱下帽子致意。毕竟，身为一位琴师，特别是这样一位大教会的琴师，他的地位已然非同一般，不再是任人轻视的存在。克伦先生长久以来都渴望得到这个职位，但在老末尔尼支奇在世时，这只能是他遥不可及的梦想。虽然那位老人的手指已经僵硬，演奏技巧大不如前，但牧师出于二十年的情分，始终不肯将他辞退。

不幸降临，老末尔尼支奇被驴踢中心脏，三天后便离世了。克伦先生便毫不犹豫地向牧师提出了职位申请，牧师也没有犹豫，将这个位置交给了他，因为在当地，再难找到比他更出色的琴师了。

至于克伦先生为何拥有如此高超的技艺，能够吹奏笛子、演奏风琴以及其他乐器，这确实是个谜。他并未从父亲那里继承这些技能，因为他的父亲是一个札格拉比人，年轻时曾在军队服役，从未涉足音乐，也不会演奏任何乐器。他从父亲那里继承到的，只有那支常挂在胡须间的烟斗。

自孩提时起，克伦便对音乐情有独钟，常常流连于有音乐的地方，聆听那美妙的旋律。年少时，他曾在波尼克拉协助末尔尼支奇演奏风琴。后来，几位乐师来到札格拉比，他便随他们一同离开，开始了长达一年的乐队巡演生涯。他的演奏场所似乎总是随缘而定，无论是市集、婚宴还是礼拜堂，都能听到他动人的音乐。乐队解散后，或是乐师们相继离世后，他重返札格拉比，生活困顿，形容憔悴，如同教堂里的老鼠一般艰难度日。尽管如此，他依然坚持演奏，有时为众人献上乐章，有时则为上帝奏响赞歌。

人们批评他在演奏时随心所欲，但他的名声却逐渐传开。在札格拉比和波尼克拉，人们议论纷纷："克伦还是那样，他的演奏总是不符合规矩，但的确为我们带来了欢愉。"有人甚至调侃道："克伦先生，你演奏时心里藏着什么魔鬼吗？要敬畏上帝啊！"

克伦先生身上似乎真的隐藏着某种神秘的魔力。在末尔尼支奇还在世的时候，每逢重要的宗教节日或庙会，他都会代替那位老琴师上台演奏。特别是当教堂里举行弥撒时，他就会完全沉浸其中。那时，教堂里的人们虔诚祈祷，香炉中散发的香气弥漫整个大殿，所有生灵都在歌唱。在这样的氛围中，克伦先生忘却自我，仪式中的钟声、香料的芬芳、烛光的闪烁，都让他陶醉其中，仿佛整个教堂都在空中飞翔。牧师手捧圣饼，闭目享受这神圣的时刻；而克伦先生坐在歌队里，也感受到了同样的喜悦。他仿佛觉得风琴自己在演奏，那声音如同波涛汹涌、河水流淌、泉水喷涌，充满了整个教堂。那音乐在圆屋顶下回荡，在神坛前流转，在香气和阳光的交织中飘荡，甚至深入人们的灵魂。有时它威严庄重，如同雷鸣；有时又如同人们的歌声，充满生活的气息；有时则甜美细腻，如同落下的露珠或夜莺的歌声。弥撒结束后，克伦先生从歌队中走出来，眼神有些迷离，仿佛刚从梦中醒来。他本是一个朴实的人，只是单纯地认为自己是因为疲倦而如此。牧师在祭器房里给他一些报酬和赞美之词后，他就走出教堂，走进外面的人群中。人们纷纷向他脱帽致敬，他们的敬佩之情溢于言表。

克伦先生的目光总是望向教堂前方，他并不是为了听人们的赞美，而是为了寻找他心中最珍爱的人——阿尔加姑娘，那位札格拉比烧瓦人的女儿。她的存在对他来说如同心头至宝，那双蓝菊般的眼睛、鲜艳的面庞和樱桃般的红唇，都深深吸引着他。

他明白瓦匠不会轻易将女儿交给他，他也想过放手。但他却惊恐地发现，自己根本无法做到。他惊讶地对自己说："她已经深入我心，就像被锤子紧紧钉住，再也无法拔出。"确实，为了她，他放弃了四处巡演的生活；为了她，他更加努力地生活；每次演奏风琴时，他都会想，她一定在听，这也让他演奏得更加投入和出色。

最初，阿尔加被克伦先生的音乐才华所吸引，渐渐地，她也爱上了这个人。尽管克伦先生面容黝黑，眼神总是飘向远方，穿着短小的衣物，双腿细长如鹤腿，但阿尔加的心却完全被他占据。

阿尔加的父亲，那位瓦匠，尽管自己囊中羞涩，却不愿将女儿轻易许配给克伦。他担心道："我的女儿如此出众，怎么能轻易嫁给克伦这样的人。"因此，他不太愿意让克伦进入家中，有时甚至直接将他拒之门外。

但老末尔尼支奇离世之后，一切发生了翻天覆地的变化。克伦签下琴师契约后，便迫不及待地前往瓦匠家。瓦匠对他说："我并未说此事定能如你所愿，但一个琴师毕竟不再是流浪汉了。"于是，他热情地邀请克伦进屋，备上美酒，像对待贵宾一样款待他。当阿尔加走进房间时，父亲与克伦一样欣喜若狂，因为克伦已经成为一位受人尊敬的先生。他将拥有自己的房屋和园地，在波尼克拉的地位甚至仅次于牧师。

就这样，克伦与他们共度了愉快的时光，从中午直到傍晚。这不仅是克伦的喜悦时刻，也是阿尔加的喜悦时刻。此刻，他正踏着吱吱作响的雪，在暮色中返回波尼克拉。

寒冷的大冰冻逐渐降临，克伦先生却无所畏惧。他加快了步伐，回想着这美好的一天，心中充满了对阿尔加的思念。他的内心充满了温暖，因为在他的生命中，没有哪一天比这一天更加幸福了。

他行走在空旷无树的道路上，越过一片片被雪覆盖的草地，天空的色彩时而泛红，时而泛青。他的喜悦之情如同一盏明灯，在黑暗中为他指引方向。他反复回味着每一个细节：与牧师的交谈、签订契约的庄重时刻，与瓦匠和阿尔加姑娘的每一句对话。他与阿尔加独处时，阿尔加深情地对他说："对我来说都一样！即使没有那些，我也愿意跟你走，去天涯海角。如果父亲同意的话，那样更好。"他感激地在她的手背上轻轻一吻，深情地说："阿尔加，愿神保佑你，永远永远！"现在回想起来，克伦先生略感惭愧，因为他只在阿尔加的手背上轻吻了一下，而且对她说的话也不够多。他深知，如果瓦匠同意，阿尔加会愿意跟他走遍天涯海角。这真是一个纯真善良的姑娘！如果必要，她甚至会愿意在雪中沿着这条空旷的道路与他同行。"啊，我的宝贝！"克伦先生在心中感慨，"正因为如此，你将成为一位尊贵的太太！"于是，他加快了脚步，脚下的雪也发出了更响亮的吱吱声。

不久后，克伦先生又想道："这样一个纯真的女人，是不会欺骗男人的。"极大的爱慕之情将他淹没。如果这时阿尔加真的在他身边，他恐怕会难以自持；他可能会将笛子扔在地上，紧紧拥抱她，用尽全身的力气。其实，一个小时前他也应该这么做的，但终究还是没能迈出那一步。每当一个人想要做某件事，或想要说出心里话时，总是会变得呆若木鸡。相比之下，演奏风琴似乎更容易些。

黑暗降临，星星在天空中闪烁，就像冷淡又锐利的目光俯视着大地，这正是冬天的常态。寒意愈发浓烈，似乎正在啃咬着这位波尼克拉琴师的耳朵。克伦先生对这条路了如指掌，因此他决定穿越田野，希望能更快回到自己的家中。

过了一会儿，克伦先生在平坦的雪地上成了一个小黑点，他身姿高挑而笔直，显得有些滑稽。他突然想到，趁着手指还未被冻僵，不妨吹奏一曲来消遣时光。于是，他按照自己的想法开始吹奏。在这寂静的夜晚和荒凉的原野上，他的笛声显得有些异样，仿佛被这片白茫茫而阴郁的大地震慑住了，尽管克伦吹奏的是最为欢快的曲调。他回想起在瓦匠家中，几杯酒后，他开始吹奏歌唱，阿尔加则高兴地用她那清脆又细小的声音合唱。现在，他渴望再次吹奏那些音乐，于是他奏出了阿尔加最初唱过的曲调："神啊，请将山峰填平，让大地变得平坦！神啊，请把我的情人带来吧，早日让他来到我身边！"但瓦匠并不喜欢这首歌，他觉得它太过"乡土气息"，要求克伦吹奏一首"贵族风格"的歌曲。

于是，他们改唱另一首歌，这是阿尔加在札格拉比学会的："路特威西先生外出打猎，留下了美丽的赫路尼亚。路特威西先生打猎归来，音乐奏响，号角声声，赫路尼亚正在甜蜜的梦乡中。"这首歌更加符合瓦匠的口味。

当他们情绪高涨，唱起《绿瓦瓶》这首歌时，大家笑得最开心。歌中的女孩先是可怜地哭着唱起被打碎的瓦瓶："我的绿瓦瓶啊，先生把它打碎了！"先生安慰她说："别哭了，姑娘，我会赔你一个新的水瓶！"阿尔加在唱到"我的绿瓦瓶"时故意拉长音调，逗得大家哈哈大笑。克伦从嘴边拿下笛子，模仿那位先生的口吻，庄严地回答道："别哭了，姑娘，我会赔你一个……"

在夜晚的寂静中，他回想起白天的欢乐时光，独自吹奏起"绿瓦瓶"这首歌，嘴角微微上扬。由于寒气逼人，他的嘴唇已经冻僵在乐器口上，手指也冻得无法灵活按动音孔。他只好停止吹奏，继续前行，微微喘息着，呼出的气息在寒冷的空气中凝结成一层雾气，笼罩在他的面前。

走了一段时间后，克伦先生开始感到困倦。他未曾料到，田野里的雪比大路上积得更厚，拔出脚来相当费力。更糟糕的是，田野上有几处坑穴，被风雪掩盖得平平整整，人一旦踩下去，雪就会没过膝盖。克伦开始后悔自己离开了大路，因为那里或许会有大车经过，他可以搭车前往波尼克拉。星光愈发锐利，寒气也越发逼人，克伦先生却开始冒汗。每当风一阵阵吹向河边，他便会感到一阵寒意袭来。他本想再次吹奏笛子，却因寒冷不得不紧闭嘴巴，这让他更加烦躁。

随后，一种孤独感涌上心头。四周空旷无垠，寂静而辽远，让他不禁感到惊慌。他知道，波尼克拉有一所温暖的房屋正在等待他，但他却更愿意想起札格拉比。他在心里默默说道："阿尔加此刻应该已经入睡了，屋子里一定很温暖。"想到阿尔加所在之处温暖而明亮，克伦先生的心中充满了喜悦，然而他脚下的路却愈发寒冷而黑暗。

终于走出了田野，前方是牧场，生长着几丛杜松。克伦先生感到极度困倦，很想拿出笛子坐下，在第一个树丛的阴影里稍作休息。但他心想："如果我这样做，恐怕会冻死。"于是，他强打精神，继续前行。

不幸的是，杜松丛与篱笆一样，堆积着厚厚的积雪。克伦先生走过了一处又一处雪堆，疲惫不堪。最后，他对自己说："我要坐下了。只要我不睡着，就不会被冻死。我要再吹奏一遍'绿瓦瓶'，这样我就不会睡着了。"于是他坐下，再次吹奏起来。微弱的笛声在夜的寂静中、雪的覆盖下回荡。

克伦先生的眼皮越来越沉重，《绿瓦瓶》的曲调也逐渐变得微弱，最终完全沉寂下来。他正与困倦做着抗争，意识依然清醒，依然思念着阿尔加。但此刻，他感到自己置身于一个更加辽阔的荒野之中，孤独感愈发强烈，仿佛被世界遗忘。他惊讶地发现阿尔加并未与自己在一起共同面对这孤独与黑暗。他喃喃自语道："阿尔加，你在哪里呢？"接着，他又似乎是在呼唤她："阿尔加！"手中的笛子从他冻僵的手中滑落。

第二天早晨，朝阳洒在克伦先生蜷缩的身体上，笛子静静地躺在他的脚边。他的面色青紫，似乎带着一丝惊讶，但神情又显得平静，仿佛正在聆听《绿瓦瓶》最后的旋律。

二草原

天空下并排着两片辽阔的土地，宛如两片巨大的草原，中间仅由一条清澈的小河隔开。这条小河在某一处逐渐分流，形成了一个浅浅的渡口，河水平静、澄澈，金色的河底清晰可见。荷花从河底冒出，在水面上绽放，彩色的蝴蝶在花丛中翩翩起舞。河边的棕榈树在明媚的阳光下摇曳，鸟儿在其中欢快地鸣叫，声音清脆如银铃。这个渡口，是从"生之原"通往"死之原"的必经之路。

这两片土地都是由至高无上的梵天所创造的。他命令善良的毗湿奴主宰"生之国"，智慧的湿缚主宰"死之国"，并赋予他们自由创造的权力。在毗湿奴的国度里，生命如泉水般涌现。太阳东升西落，昼夜交替；大海波涛起伏，云朵满载着雨水在天际游走；大地上树木丛生，人类、动物和鸟类纷纷出现。善神创造了爱，让万物得以繁衍后代，赋予爱以幸福的使命。

梵天召见毗湿奴，对他说："你在地上所创造的已经足够美好，而我已经完成了天上的创造。你可以暂时休息，让那些你所称之为人的生物，独自去书写生命的篇章吧。"

毗湿奴遵照梵天的旨意，让人类开始自我照料。人类心中的善念诞出了喜悦，而恶念则滋生了悲哀。他们惊讶地发现，生活并非永无止境的盛宴。生命的织锦则由两位纺女共同编织——一位面带微笑，另一位眼中含泪。

人类纷纷来到毗湿奴的座前，诉苦道："主啊，充满悲哀的生活真是痛苦。"毗湿奴回答："让爱来抚慰你们的心灵。"听到这番话，人类的心渐渐平静下来，各自离去。爱果然能够驱散悲哀，因为与它所赋予的幸福相比，悲哀显得微不足道。

尽管毗湿奴的国土辽阔无垠，但人类所需的草木果实却日渐匮乏。于是，智慧的人类开始砍伐树木、开垦林地、耕种于田野、收获果实。这样，工作便悄然走进了人类的生活。不久之后，每个人都需要分担工作；工作不仅成为生活的基础，更成为生活的全部。

但工作带来了劳累，劳累又引发了疲惫。人类再次来到毗湿奴的座前，伸出双手，恳求道："主啊，工作使我们疲惫不堪，困倦侵蚀着我们的骨髓；我们渴望休息，但生活却要求我们不停地劳作。"毗湿奴回应："梵天不允许我改变生活的本质，但我可以创造一种东西，作为生活的调解剂，那便是休息。"于是，他创造了睡眠。

人类欣然接受了这份新的恩赐，纷纷称赞这是从神手中获得的最珍贵的礼物。在睡眠中，他们忘却了劳苦与悲伤；疲惫的身体在睡眠中得以恢复。睡眠如同慈爱的母亲，将云轻轻笼罩在睡者的头顶，拭去他们的泪水。人类由衷地赞美睡眠，说："睡眠带来的安宁远胜于清醒时的纷扰。"

他们唯一的遗憾是睡眠不能永恒：一旦醒来，便又要面对工作，再次承受新的劳累与疲惫。这种想法让他们备感苦恼，于是他们第三次来到毗湿奴的面前，恳求道："主啊，你赐予我们的恩惠无比伟大，但仍有不足之处。请让睡眠成为我们永恒的伴侣吧。"毗湿奴因他们的过分要求皱起了眉头，略显不悦地回答道："我无法满足你们的这个愿望。在河流的对岸，或许能找到你们所追求的东西。"

于是，人类按照善神的指引，纷纷走向河流。到达岸边后，他们看到在那片安静而清澈、点缀着花朵的水面之后，是"死之原"——湿缚的国度。那里没有日升日落，也没有昼夜之分；只有一片单调的如白色百合般的光芒。在这片光芒中，没有任何物体能投下阴影。

那片土地并非荒芜，目之所及皆是美景。山谷间生长着茂密的树木，常春藤缠绕其间，岩石上垂下葡萄枝蔓。令人惊奇的是，这里的岩石和树干几乎透明，仿佛是由密集的光所塑造。常春藤的叶片散发出微妙而明亮的光辉，犹如朝霞初升，美丽而神秘。这里的一切都显得安静而祥和，仿佛正在沉睡，处于幸福而无尽的梦境中。

空气中弥漫着清新的气息，没有一丝微风扰动，花朵静静地绽放，树叶也未曾颤动。人类来到河边，原本喧闹的谈话声在见到那白色百合般静谧的空间后变得沉寂。过了一会儿，他们低声议论道："这里的寂静与光明真是令人惊叹！""是啊，这就像是永恒的安静与睡眠……"那个最疲惫的人说道："让我们去寻找那永恒的睡眠吧。"

于是，他们纷纷走进水中。深蓝色的河水在他们面前自然地分开，仿佛为他们铺设了一条通往彼岸的道路。留在岸上的人类突然感到惋惜，呼唤着水中的同伴，但没有人回头，他们都兴高采烈地向前行进，被那神奇国度的美丽所吸引。站在生之岸的人类，眼看着水中的同伴身体逐渐变得透明而轻盈，散发出璀璨的光辉，与"死之原"上弥漫的光融为一体。

渡过河流后，他们便在那边的花丛与树木间安然入睡，或是依偎在岩石旁休憩。他们的双眼紧闭，面容流露出难以言表的平静与幸福。在"生之原"这边，即便是爱也无法给予他们如此深沉的幸福。目睹此景，留在"生之原"的人类纷纷议论道："湿缚的国度似乎更加甜美、更加美好……"于是，越来越多的人开始渡河。老人、少年、夫妇携带着幼小的孩子，庄严而有序地前行。随后，成千上万的人争相涌向那沉默的渡口，直至"生之原"几乎空无一人。

此时，毗湿奴——这位守护生命的神祇——回想起自己曾将这个方法告知众人，不禁颤抖起来。他不知所措，于是前去拜见至高无上的梵天。他恳求道："造物主啊，请拯救生命吧。你将'死之国'创造得如此美丽、光明且幸福，以至于所有人都舍弃了我的国土，前往'死之国'。"梵天问道："难道没有一个人留在你那里了吗？"毗湿奴回答道："仅有一对相爱的少男少女，他们宁愿放弃那永恒的宁静，也不愿闭上双眼，失去对方。"梵天继续追问："那你想要我做什么呢？"毗湿奴恳求道："请你将'死之国'变得不再那么美丽、幸福；否则，那一对恋人恐怕也会离我而去。"

毗湿奴话音刚落，梵天便用黑暗编织了一张厚重的幕布，并创造了两个生物——苦痛与恐怖。他命令这两个生物拿着幕布守在"死之国"的路口。

幕布挂起后，"生之原"渐渐又充满了生机与活力。尽管"死之国"依旧光明且幸福，但人类却对通往那里的道路心生畏惧，不敢轻易涉足。

愿你得到幸福

在一个星光闪烁的夏夜,伟大且充满智慧的克利须那沉浸在冥想中。他感慨道:"我曾以为人类是世间最美的造物,然而我错了。如今我凝视着那随风摇曳的莲花,它竟比世间万物都要美丽得多。它的花瓣在月光的照耀下缓缓绽放,我无法将视线从它身上移开。人类之中,哪有如此绝美的存在啊!"他叹息着重复道。

片刻之后,克利须那突然心生一念:"我作为一位神明,为何不能运用我的能力,创造一个生物,让她在人类中如同莲花在众花之中那般耀眼?让她成为人与大地的喜悦吧!莲花啊,请你化为一个鲜活的少女,站在我面前吧!"

随后,水波微微颤动,月光在天空中洒下更加耀眼的光芒,夜画眉的歌声愈发嘹亮,又突然变得寂静无声。法术完成了:在克利须那的面前,一个形如人的莲花少女缓缓显现。

克利须那也被眼前的情景所震撼,他温柔地说:"你原本是湖中一朵美丽的莲花,现在却成了我思想中的花。告诉我,你有什么想法?"

那少女的声音宛如夏天微风轻拂过莲花花瓣时的呢喃:"主啊,你赋予了我生命,但我该去哪里居住呢?主啊,请记得,当我还是一朵花的时候,每当风吹过来,我都会颤抖,紧紧闭合花瓣。主啊,我害怕暴雨和狂风，我害怕雷电，我还害怕太阳那刺眼的光芒。你让我成为莲花的化身，所以我依然保留着原来的天性，现在我害怕地面上的一切。"

克利须那抬头望向繁星点点的夜空，陷入了沉思。过了一会儿，他问道："你愿意生活在山顶上吗？"

"那里有雪和寒冷，我害怕。"少女回答道。

克利须那又提议："那我可以在湖底为你建造一座水晶宫殿。"

"但水的深处有蛇和其他怪物游荡，我害怕。"她再次表示担忧。

克利须那继续问："那你喜欢广袤的荒野吗？"

"狂风和雷电在荒野上肆虐，就像一群野兽。"少女回答道。

克利须那又陷入了沉思，他坐在石头上，一只手支着头。那位少女则站在他面前，浑身颤抖，眼中充满了恐惧。

这时朝阳的光芒已悄然洒向东方的天空，将湖水、棕榈和竹子都镀上了一层金色。水面上，蔷薇色的鹭鸶、蓝色的鹤、白色的天鹅优雅地游弋；树林中，孔雀和孟加拉雀竞相歌唱。珍珠贝壳上绷着的弦索发出悦耳之音，与人类的歌声交织在一起。

克利须那从沉思中苏醒过来，他微笑着说："看，那是诗人伐尔密基在礼拜初升的太阳。"不一会儿，葛蘦的紫花帐幔被轻轻拉开，伐尔密基的身影出现在湖边。当诗人看到莲花化身而成的少女时，他立刻停下了奏乐。他手中的珍珠贝壳缓缓滑落，掉在了地上；他的双臂笔直地垂在两侧，静静地站立着，仿佛在这一刻，克利须那将他化为了一棵水边的树。

见到诗人对自己的创作如此惊叹，神满心欢喜，他说道："伐尔密基，你过来，说说你的感受吧！"

于是，伐尔密基深情地开口："我爱！……"这是他此刻心中唯一的念头，也是他能够说出的唯一话语。

克利须那的脸庞突然焕发出明亮的光彩，他宣布道："神奇的少女啊，我已为你在世界上找到了一个合适的归宿，你就住在诗人的心中吧！"

伐尔密基再次重复："我爱！……"

全能的克利须那施展神力，使少女缓缓走向诗人的内心。神还赋予了伐尔密基一颗透明如水晶般的心。在夏日的明媚与恒河的宁静中，少女走向为她预定的圣殿。

当她更深入地窥探伐尔密基的内心时，她的脸色突然变得苍白，恐惧如同冬天的寒风般笼罩了她。

克利须那感到惊讶，他问道："难道你连诗人的心也害怕吗？"

少女回答道："主啊，在这颗心里，我看到了雪山之巅，水底的深渊，其中充满了奇异的生物，还有广袤荒野上的狂风和雷电，以及遏罗拉那黑暗的洞窟。所以我感到害怕啊！"

克利须那却安慰道："请放心，若伐尔密基的心中有孤寂的冰雪，你便化作春天温暖的风，让它们融化；若那里有看不到底的深渊，你便成为深渊中璀璨的珍珠；若那里有荒凉的沙漠，你便去播撒幸福的花朵；若那里有遏罗拉那黑暗的洞窟，你便成为照亮黑暗的阳光。"

伐尔密基终于恢复了说话的力气，他继续说道："愿你得到幸福！"

天使

在卢比斯珂利的一个小村庄里，伽理克斯达寡妇下葬之后，大家进行了晚祷。祈祷结束后，有十几位老妇人留在了礼拜堂，为死者诵经。那时已经过了下午四点，由于冬至的缘故，天色迅速暗了下来，因此礼拜堂内也逐渐变得昏暗，神坛那边尤其阴暗。神坛上只点着两支蜡烛，火光摇曳不定，只有龛前的金色栏杆和基督双脚上悬挂的十字架依稀可见。巨大的钉子从那双脚穿过，钉子的尖端闪烁着光芒。另外有几根蜡烛刚刚熄灭，烟雾缭绕，弥漫在祭坛后面，整个室内充满了蜡烛的气味。

台阶下有一位老人在打扫，还有一个小孩正在铺地毯。众位老妇人的诵经声停止时，就能听见老人责备小孩的声音，以及窗外因为饥饿和寒冷而撞击窗户的麻雀的叫声。老妇人们坐在门边的木板床上，那里特别阴暗，只燃着几根小蜡烛，光线微弱，勉强能看清经书上的字句。还有一根蜡烛靠近幡旗，幡旗立在座位后面，上面画着罪人在烈火中受煎熬的情景，周围还有鬼差环绕。另一幅幡旗由于距离蜡烛稍远，看不清楚上面的图画。

老妇人们喃喃自语，看起来像是快要睡着了。她们多次重复说："大限将至时，圣母保佑我们！"礼拜堂中一片昏暗，加上座位后面的神幡和画像，以及老妇人们那些黄皱的脸庞、摇曳的烛光，整个景象凄凉而恐怖。在这种地方诵读哀歌，再合适不过了。

没过多久，诵经声突然中断，一位老妇人站起来，颤抖着呼喊："圣母万福！"其他人也跟着应和："万福！"今天是伽理克斯达的葬礼，所以每次呼喊"圣母万福"后，她们都会以这句话作为结束："愿神安息她的魂魄，赐给她光明，直到永远！"

玛利萨是伽理克斯达的女儿，也和其他老妇人一同坐在木板床上。此刻，雪花像棉絮般纷纷扬扬，无声无息地覆盖着她母亲新坟上的泥土。玛利萨还不到十岁，不懂得悲伤，也不明白别人看到她时会有多么心痛。她的脸色平静，碧绿的眼睛大而空洞。她张开口，凝视着神幡，又望向礼拜堂深处，接着又回头看向窗外冻得瑟瑟发抖的麻雀，心中一片茫然。

老妇人们诵经的声音不断响起，其中一句"大限将至时"已经重复了十多次。玛利萨自顾自地揉着头发，她的头发被编成两条细小的辫子，细得就像老鼠尾巴一样。她有些疲倦，看向中间的老人。

老人起身走到堂中，拿起一根粗大的绳子。绳子中央打了个结，一端悬挂在屋顶上。他摇晃着绳子，为死者撞钟，希望能让她得以升天。老人在做这些时，心里可能还在想着其他事情。钟声响起，晚祷也结束了。众人停止了诵经，纷纷起身离开。

一位老妇人牵起玛利萨的手，有人问她："古理克，你打算怎么安置这个孩子？"

古理克回答说："我能怎么办呢？孩子得送到勒息靖支夫，伏契克·摩尔古拉会来接她。不过,你问这个干什么?"

老妇人又问:"孩子到了勒息靖支会怎么样呢?"

古理克说:"跟在这里差不多,就让孩子自己去找出路吧。也许庄园里的人会收留她,让她在灶下睡个觉。"

说着,她们已经走到了酒馆门外。夜色越来越深,街道上寒冷又寂静。天空中云层密布,水汽弥漫,偶尔夹杂着湿雪,水滴顺着屋檐滴落。道路上的积雪与干草混在一起,变得泥泞不堪。村庄里的房屋极为破旧,景色和礼拜堂一样阴暗,只有从窗户的缝隙中透出的微弱的灯光。整个村庄都沉浸在寂静之中,只有酒馆里传来阵阵琴声招揽客人,尽管街上总是空无一人。

老妇人们走进酒馆,开始喝起伏特加。古理克倒了半杯酒给玛利萨,说:"喝吧!从今以后你就是孤儿了,再也过不上好日子了。"

众人听到"孤儿"这个词,又想起了伽理克斯达的离世。其中一人感叹道:"古理克,喝吧!唉,伽理克斯达病得连动都动不了,长老还没来,她连忏悔的机会都没有,就这么可怜地去了。"

古理克说:"我之前告诉过她,说她的大限将至。上次她来向我祈祷时,我对她说'唉,不如把玛利萨送到庄园去吧'。她却说'我只有这一个女儿,不想把她送人'。但后来她也渐渐感到担忧,甚至哭了起来。她去找村长处理簿册,还交了五十格罗斯的税,说'要不是为了玛利萨,才舍不得这些钱呢'。唉,她的眼睛就一直这么睁着,直到死的时候还是睁得大大的,想合都合不上。人们都说,她死后还在看着她的遗孤呢。"

众人纷纷劝道:"来,再喝半升酒,消消愁吧。"琴声不断地响起,老妇人们的心情渐渐变得柔和起来。

古理克轻声呼唤着玛利萨:"可怜的孩子,可怜的孩子!"

一位老妇人想起自己丈夫去世时的情景,她说道:"他临死时,就是这样叹息的。唉,就是这样叹息的。"她模仿着叹息声,与琴声相互呼应,最后她弯下腰,唱起了歌:"他叹息,他叹息,他叹息,那天他就是这样叹息的。"

突然间,古理克大哭起来,她掏出六个格罗斯交给乐师,然后继续痛饮伏特加。她的情绪似乎被触动,转而对玛利萨说:"孤儿啊,你要记住,长老曾经说过,当雪落在你母亲的坟上时,会有耶妙尔(在波兰语中,天使被称为亚纽尔,但老妇人们口耳相传,发音变成了耶妙尔)降临到你的头顶。"说到这里,她突然停下来,惊恐地四处张望,然后坚定地说:"我刚才说的耶妙尔,真的,真的有耶妙尔来了。"众人听了她的话,也纷纷相信起来。

玛利萨则瞪大了眼睛,仔细地看着这位老妇人。古理克又说:"你现在是孤儿了,这确实很不好。但是,孤儿头上有耶妙尔守护,那就是好事。我给你十个格罗斯,即使你靠自己的双脚徒步,也一定能到达勒息靖支,耶妙尔会保护你的。"

这时,一位老妇人开始唱起歌来:"神的羽翼覆盖着你,永远守护着你,你在羽翼之下,永远安全无忧。"

古理克连忙说:"别出声!"然后转身对玛利萨说:"傻孩子,你知道你头上有什么吗?"

玛利萨小声地说："耶妙尔。"

古理克喊道："唉，你这个孤儿，你这个宝贝，上帝的小天使。真的是耶妙尔，他有翅膀的。"说完，她一把抱住玛利萨，将她紧紧拥在怀里。

酒馆的老板已经躺在柜台后面睡熟了，柜台上的蜡烛燃烧着。乐师们看到老妇人们的样子，也都停止了演奏，整个房间里一片寂静。没过多久，门外突然传来了马蹄声，有人呼喊着马儿。

摩尔古拉走进了房间，手里提着一个灯笼。他随手将灯笼放在一旁，一边搓着手取暖一边喊道："给我来半升酒！"

古理克说："摩尔古拉，你这个大胡子，你得把这个孩子送到勒息靖支去。"

摩尔古拉回答："是的，他们让我来带这个孩子走。"他看了看老妇人们，说："你们都喝醉了，真是……"

古理克打断他："你给我闭嘴！我命令你要好好照顾这个孩子，小心点儿！她现在是个孤儿，你知道她头上有什么吗？你这个傻瓜。"

摩尔古拉无言以对，他环顾四周，说："你们……"话还没说完，他就拿起伏特加喝了起来，皱着眉头放下酒杯说："这是清水吗？换一坛来，再给我半升。"侍者照做了。摩尔古拉喝完酒，眉头皱得更紧，喊道："唉，你们就没有亚拉克酒吗？"

此时的摩尔古拉喝得像个醉鬼一样，而在卢比斯珂利庄园里，庄主正在为一篇杂志文章冥思苦想，题目叫作"论地主卖酒之权为社会基本"。摩尔古拉喝得酩酊大醉，根本不在乎这些，也不知道这个小村子里，卖酒的人其实就是农田主。摩尔古拉一连喝了五杯，站起来时竟然忘了自己的灯笼，灯笼里的蜡烛已经熄灭了。他拉起还在沉睡中的玛利萨的手说："小魔鬼，我们走吧。"老妇人们都醉倒在屋角，没有一个人和玛利萨道别。现在回想起来，整个过程只有两句话：她妈妈已经躺在坟墓里了，而孩子则要去勒息靖支了。

摩尔古拉带着玛利萨走出屋子，坐上雪橇，吆喝着马儿，马儿便开始前行。雪橇起初在泥泞中行进，非常缓慢，但没过多久就进入了一片雪白的田野。马儿跑得越来越快，只听到马蹄踩在雪上发出的簌簌声。马儿时不时发出喷气声，远处传来狗叫声。他们走了很久。摩尔古拉驱赶着马，用鼻音哼唱道："狗耳朵别忘了你的约定！"说完他又沉默下来，头左右摇晃，仿佛梦见自己在勒息靖支丢失了一筐文件，被人狠狠地打了肩膀。他时而半醒半睡，时而喃喃自语。玛利萨冷得无法入睡，只能睁着眼睛看着白色的田野，而摩尔古拉却不停地摇晃着身子，不时挡住她的视线。

玛利萨知道妈妈已经死了，恍惚中似乎看到了妈妈的面孔，她的脸消瘦、惨白，眼睛瞪得大大的。她又意识到这张脸是她深爱的，但现在已经离开了这个世界，即使去了勒息靖支，也再也见不到了。之前在村子里，她亲眼看到妈妈被黄土掩埋了。想到这里，玛利萨感到无比忧伤，想要哭泣，但此时她的双脚已经冻得麻木，她只能因为寒冷而哭泣。

那天并没有下严霜，但天气却冷得刺骨，就像雪刚融化时那样。摩尔古拉喝了酒，肚子里暖暖的，一点儿也不觉得难受。卢比斯珂利农田主在他的论文里说过,"冬天里,伏特加能为乡下人带来一丝温暖,成为他们的一种慰藉。如果剥夺了农田主向乡民提供伏特加的这一善举,让他们无法给予乡民温暖和安慰,那就相当于剥夺了他们造福百姓的机会。"这话说得太对了。这会儿,摩尔古拉得到了慰藉,也就没什么可抱怨的了。

没过多久,雪橇进入了树林,马儿突然加快了步伐,结果雪橇撞上了个坎儿,一下子翻了。摩尔古拉虽然醒了,但什么都不知道。

玛利萨推了他一下,喊道:"摩尔古拉!"

摩尔古拉问:"你嚷嚷什么呢?"

玛利萨说:"雪橇翻了。"

摩尔古拉说:"喝一杯吧?"说完又睡着了。

玛利萨坐在雪橇旁边,尽量缩成一团来御寒,她的脸已经冻得麻木了。她又推了推这个还在睡觉的人,喊道:"摩尔古拉!"摩尔古拉没有回应。玛利萨说:"摩尔古拉,我要去屋子里。"过了一会儿又说:"摩尔古拉!我要自己走过去了。"

过了一会儿,玛利萨就开始自己走了。她似乎觉得勒息靖支并不太远,而且她也认识路。每次做礼拜的时候,她总是跟着妈妈去教堂祈祷,只是现在她是独自一个人了。雪正在融化,但树林里的积雪还是很深。幸好夜晚的天空很晴朗,月光照下来,加上雪的反光,道路清晰可见,就像白天一样。玛利萨看到树梢上堆积的白雪,周围一片寂静,她的心里很平静。枝头融化的雪水滴在叶子上发出细微的声响,除此之外再没有其他声音了。北风也停了,树枝一动不动,万物都像是进入了冬眠，森林、雪野和天空中的白云融为一体，洁白凄清，毫无生气。

在这万籁俱寂中，只有玛利萨一个人是有生命的，她慢慢地走着，就像一个小黑点儿。伟大的慈祥之林啊！枝头滴下的水，就像是为孤儿流下的眼泪；那些茂盛的大树，为玛利萨遮挡着头顶的风雪，也像是在给予她保护。就这样，孤独而弱小的玛利萨行走在深夜的积雪荒林中。但她勇敢地一往直前，仿佛知道前方有光明在等待着她。

夜色静谧，一个孤苦可怜的孩子，在这个世界上没有任何依靠，只能听天由命地前行，这情景真是让人心疼。她的命运是好是坏，只能由上天来决定了。孩子走了很久，体力渐渐不支。她的靴子又大又重，每走一步，脚都要在靴子里上下移动，而且还容易陷进雪里，很难再拔出来。她的手也变得麻木，一只手中还握着古理克给她的十个格罗斯。孩子害怕钱会丢，所以紧紧地握着。途中，她有时会停下来大声呼喊，然后又突然停止，似乎在观察有没有人听到她的声音。然而，只有森林在静静地聆听着她的呼喊声，水滴声陆续传来，听起来相当凄苦。或许有其他人听到了她的声音，但谁知道呢？

孩子越走越慢，难道要迷路了吗？但怎么可能呢。她遥望前方，只见一条像玉带一样的路，在两旁阴森森的树木映照之下，显得更加清晰。孩子已经疲惫不堪，非常想睡觉，几乎支撑不住了。玛利萨走到路边的一棵树下坐下，眼皮渐渐下垂，恍惚中似乎看到了她去世的母亲正沿着雪路走来。过了一会儿，她似乎又看到有人走了过来。这会是谁呢？一定是耶妙尔吧！古理克老太太不是曾经告诉她，她的头顶上有耶妙尔在吗？玛利萨知道耶妙尔的样子，她曾经在母亲茅屋里的图画中看到过，耶妙尔手持盾牌，拥有翅膀。现在，他来了！

　　林中的滴水声越来越大，这大概是天使的羽翼在拂去冰雪的声音吧……等等！现在真的有人来了。踩雪的声音虽然很轻，但玛利萨听得很清楚，那是人的脚步声簌簌作响，从远处渐渐接近。孩子睁开惺忪的睡眼，平静地问道："来的是谁？"只见一个生物瞪着眼睛看着她，它的面部呈三角形，长着褐色的毛，双耳直立，长相狰狞丑陋，令人恐惧……

酋长

在美洲的帖萨思郡，有一条叫羚羊川的河流，河流边上有个羚羊镇。镇上的人们纷纷涌向马戏场，因为自从这个镇子建立以来，第一次有马戏团来演出。马戏团还带来了舞女、乐师和杂耍艺人，镇上的居民都非常重视这次演出。

这个镇子其实是个新兴的地方，十五年前这里还荒无人烟，也没有白人的踪迹。只是在河湾上，也就是现在镇子的所在地，曾经有一个西印度人的村落，名叫却跋多，是黑蛇部落的聚集地。附近有些欧洲人的殖民地，那里的居民大多来自柏林格伦兑诺、日哈尔曼和哈摩尼亚。

这些欧洲人对土著居民非常厌恶，并不能容忍他们的存在。土著人其实也没别的想法，只是想保护自己的土地，帖萨思政府也曾郑重发誓不会侵犯他们。对于这些移民来说，即使有承诺，又有什么用呢？三个城市的移民在一个月黑风高的夜晚集结了四百人，还从阿拉招来了墨西哥人作为援军，趁着却跋多人熟睡时发动了袭击。这场针对土著的攻击最终取得了大胜利。

却跋多的村落被烧成了灰烬，只有一队战士因为外出打猎而幸免于难，村里的其他人全部被杀。这个村落位于河湾上，当时正值春汛，三面都是深水，无法过河。这个地方后来成了绝佳的据点，前面可以防守，后面又有退路，于是三个城市的移民纷纷迁居到这里。

转眼间，那个曾经蛮荒的却跋多村落，就变成了文明的城市，也就是现在的羚羊镇。五年后，这里的居民增加到了两千人。第六年，人们在对岸发现了水银矿，人口又翻了一番。到了第七年，在一片被称为"死人林"的地方，人们发现了黑蛇部落的十二个遗民，这些人动用私刑将这些遗民绞死在市集的广场上。从此，再也没有什么能够妨碍羚羊镇的发展了。

镇上有两种日报和两种月刊评论。人们还修建了铁路，连接北川和圣安多尼。龙舌街上有三所学校，其中一所是高等学校。居民们还在当年绞死黑蛇遗民的地方建了一座慈善院。每个礼拜日，牧师都会登上讲坛，劝导人们要爱邻如己，不要觊觎他人的财产，宣讲其他的文明道德规范。曾经有学者来这里游历，为居民们讲述各国人民的权利。

镇上的富人们提议建立一所大学，政府也给予了协助。人们的生活过得安逸快乐，水银、柑橘和牟麦等产业都获得了丰厚的利润。这里的人们勤劳聪明、性格直率、社会秩序井然，生活也十分富裕。凡是来羚羊镇游玩的人，看到这里的繁荣景象和近两万的居民，几乎不敢相信在这些大商人和富贾中，竟然有十五年前参与焚毁却跋多村的人。

白天，居民们忙着在市集、工厂或公司里工作；到了晚上，他们便聚集在响尾蛇街的金旸酒馆。酒馆里充满了日耳曼语的交谈声，人们轻声呼唤着"快些上菜,快些",或是慢慢地说着"你知道吗,缪勒先生,这有可能吗"。酒杯相碰的声音、麦酒泼洒在地的声音以及酒沫飞溅的声响此起彼伏。这些人们神态镇定、举止从容,脸庞肥硕,眼睛像鱼眼一样,你会以为自己置身于柏林的酒馆,而非昔日却跋多村的废墟之中。

镇上的一切都显得那么祥和,仿佛没有人愿意再回忆往事。那天晚上,人们纷纷涌向马戏场,原因有几个:首先,工作之余,人们需要一些娱乐来放松自己;其次,马戏团的到来受到了大家的热烈欢迎,因为像这样的小镇通常不会被卖艺人光顾,如今马戏团团长愿意带领他的团队来到羚羊镇,足以证明这个镇的规模和影响力。但最重要的原因,还是马戏节目单上的第二段文字:"第二项表演是走钢丝。钢丝离地一丈五尺高,表演者将随着音乐的节奏进行精彩演出。表演者名叫黑鹭,是一位著名的大力士,还是黑蛇部落的酋长,古王的末代子孙,也是他们部落中仅存的遗孤。他的表演分为几个部分,首先是走钢丝,然后是羚羊跳,最后是令人震撼的死之舞和死之歌。"

黑鹭酋长游历四方,收获了许多赞美,但他在羚羊镇得到的赞誉无疑是最多的。团长在金旸酒馆饮酒时,向大家讲述了十五年前的一段往事。那时,他正要前往圣多旸,经过多那陀平原时,偶遇了一位西印度老人和一个十岁的男孩。老人已经身负重伤,奄奄一息,不久便去世了。他临终前留下遗言,说那个男孩是黑蛇部落前任酋长的儿子,也是唯一的继承人。于是团长收养了这个孤儿,精心培养他,如今他终于以精湛的钢丝绳技闻名于世。团长也是听了酒馆老板的讲述,才知道羚羊镇就是昔日的却跋多，而那位酋长继承人即将在祖父的墓地上展示他的技艺。团长听后非常高兴，心想如果好好策划一下，一定能大赚一笔。

羚羊镇的居民纷纷涌向马戏场，带着他们从家里带来的财物和从未见过土著的妻子和孩子。他们指着黑蛇部落的遗孤说："看，我们十五年前消灭的那些人，就是这样的人。""天哪，怎么会这样！"从年轻妻子和孩子的口中听到这样的惊呼声，也是人生中的一大乐事。因此，市民们聚在一起聊天时，几乎都在谈论这位年轻酋长的事情。

清晨，孩子们早早地聚集在马戏场外面，通过木孔向内窥视，脸上露出惊奇的表情。而那些年龄稍大的孩子，则被武士的风范所感动，他们从学校列队回家，步伐整齐，自己也不知道为什么会这样做。傍晚八点，天空晴朗，星光璀璨。微风从郊外吹来，带来了橘林的香味，而城市中的风则夹杂着麦芽的香味。马戏场内，火光闪烁，人们将松枝做成的大火把绑在正门上，火焰熊熊燃烧，微风轻拂，火焰摇曳生姿，烟雾缭绕。火光映照下，新建的大厦显得气势磅礴，大厦采用木材建造，整体呈圆形，屋顶尖锐，顶端飘扬着一面巨大的旗帜。

门外聚集了很多人，大部分都是没有买到票或者买不起票的人。他们围观马戏团的车辆和设备，东门悬挂的画帐格外引人注目，那幅画帐上描绘着白人与红色皮肤的人战斗的场景。偶尔有幕布拉开，露出场内饮酒的地方，数百个酒杯排列在案桌上。不一会儿，幕布撤去，客人们纷纷进入场内，空旷的走廊里只听得到脚步声。观众陆续就座，从上层到下层都坐满了人。场内明亮如白昼，虽然没有煤气灯，但有一盏大吊灯，吊灯里面燃烧着五十盏石油灯。灯光下，可以看到那些喝酒的人，他们身材肥胖，脖子粗大得几乎容不下下巴，一个个昂首挺胸。还有一些年轻漂亮的妇女和清新可爱的孩子，他们的眼睛炯炯有神，几乎要从眼眶里飞出来。客人们看起来都充满好奇和自得，就像是剧场里的常客一样，三五成群地聚在一起聊天，嗡嗡的声音中夹杂着呼喊声，他们都在焦急地等待着开场。

没过多久，铃声响起，六名马丁骑士骑着骏马闪亮登场，他们的马靴在灯光下闪闪发光。这些骑士从马厩门一直排到围场两侧，随后，一匹骏马风驰电掣般冲了出来，它身上没有鞍辔，马背上载着一位舞者，那舞者身着锦带，随风飘扬，她正是美丽的舞蹈女演员丽那。乐队开始奏乐，丽那与马匹配合着节奏翩翩起舞。一位名叫玛谛达的观众，她是龙舌街酒商的女儿，看到丽那的舞姿后大为惊讶，她立刻靠在杂货商菲洛斯的肩膀上，附在他耳边轻声问他是否还像从前那样爱着丽那。马匹奔腾不息，呼出的气息仿佛蒸汽机一般，还有几名滑稽演员故意装出痴呆的样子，紧随着舞者奔跑，他们挥动鞭子大声叫喊，互相击打对方的脸庞。丽那的身影快速地在场中穿梭，迅捷得如同闪电一般，观众纷纷鼓掌赞叹，她的舞蹈确实美极了！

第一段舞蹈结束后，第二段舞蹈即将开始。客人们不停地称赞着丽那，那些滑稽演员虽然还在互相击打，但已经没有人再去看他们了。马丁骑士们再次出场，他们带着两个木架子，每个都高达一丈多，放置在围场的两端。乐队不再演奏美国民间曲调，转而奏起了充满哀伤的曲调。马丁骑士用巨大的绳索将两个架子连接起来，突然间，一道赤红的火焰从下方射出，正好射在场地中央，那火焰的颜色如同鲜血一般。火光中，一个身影突然出现，那是酋长吗？是黑蛇部落的那个遗孤吗？

酋长并没有出现，只有团长走到客人面前，深深地鞠了一躬，大声宣告，希望大家能够保持安静，不要击掌高呼，因为酋长现在心情不佳，比平时更加暴躁。他的话一出口，那些原本热闹的观众都变得安静下来。十五年前在却跛多废墟上战斗的羚羊镇居民们，如今听到警告后却变得小心翼翼。当丽那在马背上跳跃时，大家都争先恐后地挤到围栏边，希望能看得更清楚。而现在，他们却后悔自己不能换个地方，登上高楼观看。似乎他们所处的位置越低，心中的压抑感就越强烈。

酋长是否还记得往事呢？他在孩提时代就被团长收养，与他相处的人都是日耳曼人。或许酋长早已忘记了这些吧！从小到大，他走遍各地，以精湛的技艺赢得观众的喝彩，这或许也消减了他的仇恨吧。黑蛇部落曾经的聚集地，却跛多——现在都是日耳曼人。如今他们居住在他人的土地上，只会在忙碌的营生之余，偶尔怀念一下祖国。人生的首要之事是活下去，即使是平凡的人也懂得这个道理，难道在黑蛇部落的遗孤身上会有所不同吗？

正当众人还在思考时，突然，一阵充满野性的啸声从马厩那边传来，原来是酋长已经来到了围场之上。观众又开始窃窃私语："是他，就是他！"随后，场上再次陷入了寂静，那赤红的火焰依旧熊熊燃烧。所有人的目光都聚焦在酋长身上，他相貌奇丑，神态傲慢，就像一位帝王。他身上披着白色的貂皮裘，这是酋长的标志。他面容狰狞凶猛，就像一头未被驯服的猛虎，脸庞犹如赤铜铸成，头部犹如苍鹰。他的眼神平静而凶狠，扫视着在场的每一位观众，仿佛在选择一个牺牲品。他身穿全套铠甲，头上插着鸟羽，腰间悬挂着一把斧头和一把刀，那是用来劈开敌人颅骨的。他的手中没有弓箭，而是握着一根长杆，那是他在绳子上行走时用来保持平衡的工具。

酋长站在场中，突然发出一声大吼。天哪！这正是黑蛇战士的吼声！那些曾经历过却跋多村灭门惨剧的人们，都曾听过这样的吼声，他们永远不会忘记。然而，十五年前面对千军万马都毫无惧色的战士们，如今却只是因为看到一个人就吓得汗流浃背。团长迅速走上前去，与酋长简短地交谈了几句，似乎是在安慰他。酋长听到团长的话，就像野兽得到了食物一样，情绪稍微平复了一些。

没过多久，酋长开始在绳子上摇摇晃晃地行走，他抬头看着上方的灯光，小心翼翼地迈着脚步。那根巨大的绳子时而弯曲，时而隐藏在黑暗中，仿佛他正在空中行走。酋长时而前进时而后退，但很快就加快了速度。他举起长杆支撑身体，伸展双臂，身上的貂皮裘就像一对巨大的翅膀。突然，他趔趄了一下！观众发出阵阵惊呼声，酋长瞬间又稳住了身形。他的表情变得更加凶狠，目光紧紧盯着灯台，眼中闪烁着异样的光芒。观众都惊讶地看着他，场上一片寂静。

最终，酋长走到了绳子的另一端，停了下来。他突然放声歌唱，那是一首战歌。真是奇怪啊！酋长竟然是用日耳曼语唱的歌。但这也不难理解，或许酋长已经忘记了黑蛇部落的语言吧。众人都无暇顾及这些，只是沉醉在酋长歌声的起伏变化中。那歌声时而像民谣般悠扬，时而像战歌般激昂，充满了苍凉哀怨的情感，又透露出极度的野蛮和杀戮之气。

歌词中唱道："雨季已过。五百名战士从却跋多出发奔赴战场，或是进行春季狩猎。战归时，他们手持敌人的颅骨；猎归时，他们披着水牛皮。他们的妻子和儿女欣喜地迎接他们，踏歌而行，赞美伟大的神灵。在却跋多这片土地上，人们过着安乐无忧的生活。妇女们勤劳持家，儿女们茁壮成长。女儿们美丽动人，儿子们勇敢无畏。战士们即使战死沙场，也会与先祖的灵魂共同在银山上狩猎。却跋多的战士们高尚而勇猛，他们的刀斧虽利，却从不沾染妇孺的鲜血。曾经的却跋多强大无比，但那些白人从遥远的海洋而来，放火烧毁了我们的家园。这些白人战士不在战场上与我们正面交锋，却只在深夜偷袭，像野狗一样，将利刃刺入熟睡妇孺的胸膛。如今，却跋多已经灭亡。那些白人占据了我们的土地，建造了石头房屋。我们这些流亡异乡的冤民，如今只能号啕大哭，祈求复仇。"

酋长唱到这里，声音突然变得沙哑，他笔直地站在绳子的顶端，就像一个复仇的赤色神灵，在空中漂浮着。团长看到这一幕，也不禁感到畏惧，整个场地变得死寂无声。

酋长继续唱道："全族被灭，只留下一个孤儿。他虽然年幼弱小，但已经向神灵发誓，一定要复仇！他渴望看到白人男女老幼的尸体，渴望看到火焰和鲜血！"唱到最后几句时，他的声音变得更加狂暴。

观众中突然爆发出阵阵惊呼："这只狂怒的猛虎接下来会做什么？

他刚才唱的那些话是什么意思？仅凭他一个人，怎么可能复仇？他会停下来吗？是逃跑，或者是自卫？他又有什么方法来保护自己呢？"女人们则都惊恐不已，她们相互问道："这是怎么了？这是怎么了？"

酋长突然发出怒吼，那声音已经不像人类的声音了。绳子剧烈摇晃起来，他一跃而起，跳上了木架，目光紧盯着灯台，举起了手中的长杆。观众惊恐万分，以为他要击落灯台，让灯油洒满整个场地！他们大声呼喊："住手！住手！"酋长突然消失了。他是已经跳下来了吗？原来，他并没有放火焚烧马戏场，而是从门口离开了。他去了哪里？就在大家四顾寻找的时候，酋长又出现了。他显得疲惫不堪，气喘吁吁，拿着一个锡盘向客人们请求道："请赏赐黑蛇部落的最后一人。"这时，大家才稍微安心了一些。原来这一切都是按照剧本来的，是团长为了吸引观众而设计的演出。

客人们纷纷掏出金钱投进锡盘，金币像雨点般落下。羚羊镇的居民们居住在曾经属于却跋多的地方，他们怎么可能拒绝给黑蛇部落的遗孤一点儿赏钱呢？毕竟，人人都有一颗善良的心。

演出结束后，酋长来到了金旸酒馆，喝起了麦酒，吃起了面包。在羚羊镇，酋长深受镇民的喜爱，尤其是女人们——甚至有一些关于他的流言蜚语在外面流传。